힘내라
열아홉살

현직 교사가
대한민국 십대에게 보내는
감성 멘토링

힘내라 열아홉살

지은이 오복섭

오늘의책

무엇을 어떻게 하며 살아야 할까?

말이란 참 재미있다. 똑같은 말이라도 누가 하느냐 어떤 상황에서 쓰이느냐에 따라 참 다양한 의미로 받아들여진다. 그 말을 통해 우리는 서로에 대해 조금씩 알아간다. 언어가 변하는 것처럼 사람도 조금씩 변해가기도 하고, 이웃해 있는 음운이 서로 닮아가는 것처럼 가까이 마주한 사람은 상대에게 자신을 조금씩 내어주며 가까워진다.

그러고 보면 우리 주변에는 우리와 관계 맺고 있는 것들이 참 많다. 그저 우리가 그 사실을 모르고 지나치거나 관심 갖지 않을 뿐이다. 얽히고설킨 실타래를 오랜 시간 풀다 보면 결국에는 하나로 풀린다. 우리가 살아가는 것 역시 엉킨 실타래처럼 복잡하고 풀리지 않을 것처럼 느껴지지만 옹송그리고 앉아 몰두하다 보면 하나씩 그 실마리가 열린다.

아이들에게 어떤 말을 꺼낼 때마다 가슴 속에 항상 이런 울림이 들린다. '그래서 넌 잘하고 있니!' 그 소리가 들릴 때마다 늘 부끄러워 자신 있게 말을 이어가지 못하거나 어디론가 숨어버리고 싶다. 그럼에도 불구하고 끊임없이 이런 말을 하고 있는 건 내가 선생이기 때문이다. 말 그대로 먼저 세상을 살아본 자로서 할 수 있는, 해야만 하는 이야기이기 때문이다. 이 책은 여기에서 시작되었다. 책을 통해 무언가를 말하기에 스스로 부끄럽고 모자라지만 이야기하고 싶었다. 그 이야기를 통해 너와 내가 머무르지 않고 어딘가를 향해 조금씩 흘러 갔으면 싶다. 아이들에게 그리고 나에게 가끔 이런 질문을 던진다. "우리는 무엇을 어떻게 하며 살아야 할까?"

'무엇'이든 우리는 될 수 있을 거야. 그리고 우린 그 '무엇'이 되기 위해 지금을 견뎌내고 있는 거니까. 하지만 그 '무엇'은 될 수도 있고, 될 수 없을지도 몰라. 그렇다고 해서 우리 인생이 실패하는 건 아니라고 생각한다. 더 중요한 건 '어떻게' 살아가느냐의 문제가 아닐까? '어떻게' 살지에 대해 스스로 고민하고 답을 구한다면 '무엇'을 하는지는 크게 중요하지 않을 거야. 나 역시 선생으로 살고 있지만 그 선생이란 것보다 어떻게 사느냐의 문제가 더 중요하다. 그것은 나중에 내가 선생을 그만둔다고 하더라도 여전히 나를 의미있는 존재로 만들어 줄 것이란 믿음이 있다.

책을 쓴다는 것은 사실 오랜 꿈이었다. 늘 입버릇처럼 이야기했었으니 말이다. 그 꿈이 이렇게 현실이 될 줄 몰랐다. 아이들에게 열심히 노력하고 준비하면 기회가 주어진다고 말해왔다. 그 기회가 나에게 주어졌음에도 불구하고 나는 부끄러워진다. 그만큼 열심히 노력하고 준비했는지를 생각하면서 말이다. 부끄러움은 또한 내가 이 책을 쓰는 원동력이 되었다. 이 책을 통해 더 많은 사람들과 이야기를 나누며 소통하고 그 부끄러움을 하나하나 벗어내기 위해 더 열심히 치열하게 살라고 말하는 것 같았다. 그 믿음이 나를 이 책 앞으로 이끌었다.

부족함이 많은 내가 글을 쓸 수 있도록 힘을 북돋아준 엄영희 편집장께 감사의 말을 전한다. 시간 되면 제주도에 엽서를 사러 가겠다는 약속과 함께. 그 엽서에 소식을 전하고픈 사람들이 많다. 이름도 없는 부족한 국어 선생님이 부끄러운 책을 낼 수 있도록 도움을 준 출판사에도 감사의 말을 전한다.

언제나 한결같은 마음으로 응원해주는 동반자이자 친구이자 가족인 선희, 아섬, 솔겸에게 감사하고 사랑한다는 말 글로 대신 전한다. 어떻게 살아가느냐를 몸소 보여주며 한결 같은 모습으로 그 자리에 계신 부모님께도 그간 하지 못한 감사 인사를 드린다. 후배이자 동지이자 친구 같은 김재덕 선생님을 비롯해 낙생 고등학교 선생님들에게 이 기회를 빌어 고맙다는 인사를 드린다. 끝으로 제자와 학생으로서가 아니라, 이 세상을 함께 나누고 살아가고 있는 졸업생과 재학생, 그리고 앞으로 나를 만날 모든 사람들과 함께 더 많은 이야기 나누었으면 한다.

Contents

Part 3
교사로 살아간다는 것

Part 4
선생님의 잔소리

Part 1

힘내라, 열아홉 살!

고3이 지나면 누군가는 대학생이 되고,

또 누군가는 한 해 더 준비해야겠지.

일 년이라는 시간이 길다면 긴 시간이지만

인생이라는 긴 흐름 속에서는 순간에 불과해.

지금 남들보다 빨리 간다고 성공하는 것은 아니야.

늦게 출발한 사람도 같은 길을 함께 가고 있는 거야.

그 길에서 우리는 앞서거니 뒤서거니 할 테니까.

열아홉, 아직 아무것도 시작한 게 없는 나이

고3 1학기 초

3월. 이미 한 해가 석 달이나 지났음에도 학교는 이제 시작이다. 개학과 함께 새로운 해가 시작되기 때문이다. 3월은 아직 선생님이나 학생 모두에게 정신없는 시기이다. 아이들에게 이런 질문을 던져 본다.

"학교생활은 어때?"

여기저기에서 이런저런 대답이 터져나온다. 가장 많이 하는 말은 역시 "힘들다"이다. 긴 겨울방학의 후유증 탓인지 아니면 새로운 날들의 시작에서 오는 긴장감 때문인지 부쩍 힘들어 보이는 아이들에게서 다른 대답이 나오길 기대하는 것은 지나친 욕심인지도 모른다.

3월의 학교. 갓 입학한 신입생은 복도나 교실 어디에서나 즐거워 보인다. 뭐가 그리 좋은지 수다스럽게 떠드는 아이들은 대부분 1학년이다. 2학년 역시 1학년처럼은 아닐지라도 대체로 밝은 편이다. 이에 비해 3학년의 모습은 어둡기만 하다. 아침에 조금 더 일찍 나오고 시험에 대한 부담감이 있어서라지만 한창때라고 보기에는 쳐진 어깨가 안쓰럽다. 한껏 주눅든 아이들에게 힘을 주고 싶어서 아침 조회시간에 밝게 인사를 건네지만 아이들은 여전하다.

"요즘 어때? 힘들지."

"괜찮아요"라고 대답하면 좋으련만 아이들은 아무 대답도 하지 않는다. 그저 쥐 죽은 듯 조용한 3학년 교실이다.

"오늘은 오랜만에 선생님이 너희들에게 할말이 있다. 여기 좀 봐줄래."

그제야 아이들이 문제집에서 눈을 떼고 나와 눈을 마주치기 시작한다. 입시 관련 전달사항이 있나 하는 아이들의 기대에 어울리지 않는 이야기를 꺼내 본다.

"너희들 나이가 몇이지? 이제 겨우 열아홉 살이야. 많다면 많을 수도 있는 나이지만 아직 무언가를 시작해본 적 없는 나이이기도 하지. 지금까지 너희들은 십이 년 동안 학교만 다녔어. 그동안 이곳에서 친구와 만나고 공부하며 사회에 발을 내딛기 위해 누구나 거쳐야 하는 작은 발걸음을 떼었을 뿐이야. 우리가 적어도 70년은 살지 않을까? 그럼 너희들 앞에 아직 50년이라는 시간이 남아 있고, 그 안에 더 많은 일을 해야 해. 그것이 무슨 일이든. 세상을 살다 보면 좋은 일도 있고, 나쁜 일도 있을 거야. 때론 힘든 일도 있겠지. 너희들은 아직 경험이 많지 않지만 어른들이 살아가는 모습을 보며 짐작하고 있을 거야.

그런데 얘들아. 이렇게 생각해보는 건 어떨까? 고3이란 시간이 힘들기는 해도 우리 모두가 가진 각자의 꿈에 조금 더 가까이 다가가는 시간이라고. 초등학교에서 고등학교까지 너희는 단지 나이만 먹는 게 아니야. 힘든 일만 늘어가는 것 또한 아니야. 곰곰이 생각해보면 우리의 꿈에 조금씩 가까워지고 있는 것은 아닐까? 그렇다면 지금 이 순간이 너희들에게 단지 힘들기만 한 게 아니라 그 꿈을 이루기 위한 소중한 시간들이지 않을까?

너희들의 꿈은 시험을 잘 보고 못 보는 것으로 좌우되는 게 아니야. 어떤 사람은 조금 빨리 가고 어떤 사람은 조금 늦을 수도 있어. 올해가 끝날 즈음에 누군가는 대학생이 되어 있을 테고, 또 누군가는 한 해 더 준비해야겠지. 일 년이라는 시간이 길다면 길지만 인생이라는 긴 흐름 속에서는 아무것도 아닐 수 있어.

지금 남들보다 빨리 간다고 꼭 성공하는 것은 아니야. 조금 늦게 출발한 사람 역시 같은 길을 함께 가고 있는 거야. 그 길에서 우리는 무수히 앞서거니 뒤서거니 할 테니까. 대학, 취직, 결혼, 아이 낳는 것까지 남들보다 모든 것을 빨리 한다고 해서 꼭 행복한 것은 아니야. 그러니까 너무 조급해하지 않았으면 좋겠어. 조급함은 우리의 생활을 너무 힘들고 어렵게 만들 거야. 조금은 여유를 가지고 지금의 생활을 즐겼으면 해. 당장 눈앞에 놓인 시험과 수험생이라는 부담을 잠시 내려놓고 주변을 한번 돌아보자. 우리 주변에는 친구들도 부모님도 선생님도 있단다. 나만 힘든 게 아닐 거야. 그럴 땐 친구의 어깨에 손을 얹어 줄 수도 있지 않을까? 오늘 하루는 부모님과 선생님에게 고마움을 표현해 보는 것은 어떨까?

지금은 선생님 이야기가 귀에 들어오지 않을 수도 있어. 선생님도 그랬던 것 같다. 그런데 선생님이 나이가 들고 너희들보다 조금 더 빨리 인생을 살아본 사람으로서 너희들에게 해줄 수 있는 말은 조금 늦게 가도 괜찮다는 거야. 그러니 너무 힘들어하지 말고 오늘 하루도 열심히 공부하며 웃으며 살자."

한참을 이렇게 이야기하다 보니, 내가 한 말의 의미를 그 뜻 그대로 받아들이지는 못하더라도 아이들에게 생각거리 하나는 던져준 것 같다. 힘든 시험의 무게를 당장 벗어내고 밝아질 수는 없겠지만 학교에서 보내는 시간 동안 짬짬이 오늘 내가 한 말을 되새기며 여유를 찾았으면 싶다.

종례를 마치고 교실문을 나서며 아이들을 본다. 내 이야기를 듣기라도 한 것일까? 소란스럽게 떠들던 녀석들이 금세 다시 책으로 눈을 돌리며 교실은 조용해진다. 교무실로 가는 길에 있는 1학년 교실

복도는 3학년 복도와는 다르게 시끌벅적하다. 이 아이들의 모습도 2년이 지나면 어둡게 변하겠지.

아이들이 학교에서 즐겁고 행복하게 보낼 수는 없을까? 누구에게나 성장통은 있기 마련이다. 지금의 아이들이 겪는 일들이 성장통이기를 바란다. 그 아픔을 이겨내기 위해 노력하고 시간을 보내면서 아이들이 조금씩 성장하고 무엇이든 배우는 과정이었으면 싶다. 누구나 거치는 과정이라면 담대하게 받아들이며 자기 안에 싹을 키우듯 이전의 나보다 더 큰 나로 거듭나기 위해 오늘 하루 웃으면서 살았으면 싶다. 그 싹이 자라나 풀이 되고 꽃이 피고 나무가 될 때까지. 그래서 그 아이들 하나하나가 온전한 나무로 숲을 이루었으면 하는 바람이다.

길이 막히면
새로운 길을 만들어보자

성적이 오르지 않는 아이에게

고3이 되면서 힘들어하던 혜민이는 몇 번의 모의고사에서 성적이 원하는 만큼 나오지 않자 학기 초보다 얼굴이 어두워졌다. 수업 시간에도 변함없이 열심히 듣고, 친구들에게도 웃어 보이며 아무렇지 않은 척하지만, 멍한 표정으로 창 밖을 보거나 우울한 표정을 짓는 일이 부쩍 많아졌다.

부담을 주고 싶지 않아 오가는 길에 평소처럼 어깨를 툭 친 후 "힘내!" 하며 눈인사를 보낸다. 그럴 때면 내 뜻을 읽기라도 한 듯 혜민이도 나를 향해 웃어 보인다. 그 웃음이 예전 같지 않아 담임인 내 마음이 편하지 않다. 모의고사를 보고 난 후 안 좋은 성적에 내신은 괜찮으니 걱정하지 말라고는 말했지만 이번 중간고사에는 몇몇 과목에서 실수를 해 뭐라 위로할 말조차 마땅치 않다. 그저 "열심히 노력했으니 이제 그 결과가 나올 거야. 다음 시험에는 나아지겠지"라고 말해보지만 이 역시 몇 번 반복되다 보니 맥 빠진 이야기가 되어 버린다.

혜민이가 나에게 상담을 요청했다. 혜민이가 부탁하지 않아도 내가 먼저 이야기하자고 했을 테지만 마땅히 해줄 말이 없어 차일피일 미루고만 있었다. 무슨 말을 할지 벌써 막막하다. 자기주도학습 시간에 혜민이를 불러 교무실에 마주 앉았다.

상담이라고 하지만 이런 경우 뭐라 특별히 할말이 없다. 워낙 열심히 공부하고 성실한 학생에게 무슨 말을 해야 하나. 잘못한 일이라고 해봐야 원하는 만큼 성적이 나오지 않는 것뿐인데 아이에게 뭐라 건넬 말 역시 선뜻 떠오르지 않는다. 혜민이나 나나. 그저 답답함에 서로 한숨을 쉬고 있을 뿐이다. 그래도 얼굴만 쳐다보고 있을 수 없어 어렵게 말을 꺼낸다.

"힘들지? 고생이 많다. 원하는 대학에 들어가 꿈을 이루려면 지금보다 성적이 조금 더 나와야 할 텐데. 시험 성적이 좋지 않구나."

혜민이가 왈칵 눈물을 쏟아낸다.

혜민이의 눈물에 당황해서 허겁지겁 휴지를 찾아 손에 건넨다. 왜 성적 이야기부터 꺼냈을까 하고 자책해 보지만 이미 벌어진 일인데 후회한들 무슨 소용이 있겠는가. 한참이 지나 혜민이의 울음은 그쳤지만 뭐가 그리 서러운지 여전히 약하게 흔들리는 어깨짓에 가슴이 아프다. 그 모습을 보며 어렵게 말을 꺼내 본다.

"혜민아. 꿈을 이루는 방법은 꼭 한 가지만 있는 건 아냐. 생각보다 여러 방법이 있단다. 선생님 역시 처음부터 선생님이 꿈은 아니었어. 그런데 지금 생활에 충분히 만족하고 있고, 여전히 내 꿈을 이루기 위해 노력하고 있단다. 너 역시 그렇게 생각하면 좋을 거 같아. 꼭 의대에 가서 의사가 되어야만 네 꿈을 이루는 건 아니지 않을까? 넌 왜 의사가 되려고 하니? 돈 많이 벌려고? 하얀 가운이 멋있어서? 아니면 시집 잘 가려고? 내가 아는 혜민이는 이런 이유로 의대에 가고 싶어하는 건 아닐 거야.

그렇지? 그럼 혜민이는 왜 의사가 되려고 하니? 열심히 공부해서 누군가를 돕고 싶은 마음 때문이겠지. 의술로 아픈 사람을 건강하게 해주고 싶은 따뜻한 마음, 다른 사람에게 내가 가진 것을 나누어 주고픈 착한 마음 때문이겠지. 내가 아는 혜민이는 그렇거든. 그래서 의사가 되려고 하는 거겠지.

그런데 혜민아, 그 꿈은 꼭 의사가 아니어도 이룰 수 있단다. 의사가 되는 것이 너의 그런 마음을 가장 빛이 나게 하겠지만, 의사가 되지 않더라도 꿈은 그대로일 거라고 선생님은 생각해. 그렇다면 지금의 시간은 그 꿈을 이루기 위한 과정들이 아닐까? 그렇게 생각해 보면 그 길이 꼭 평탄하지만은 않을 거야. 때론 웅덩이도 가시밭길도 있을 테고 걷다 보면 길이 끊어져 있을지도 몰라. 그러면 어떻게 해야 할까? 너도 잘 알고 있잖아. 길이 없으면 만들어서라도 가야 한다는 걸. 혜민아 선생님이 보기에 넌 누구보다 열심히 길을 걸어왔어. 지금 비록 성적이 좋지 않더라도 그 길을 걸어야 하는 우리는 그 앞에 어떤 어려움이 있더라도 헤쳐 나갈 임무가 있는 거야. 그러니 수능 때까지 힘들더라도 포기하지 말고 더 노력해 보자. 선생님도 너와 함께 그 길을 가줄 테니까. 알았지?"

지금 내가 한 말들이 혜민이에게 얼마만큼 들렸을지 모르겠지만, 울고 있는 혜민이가 나를 보며 보일 듯 말 듯한 미소를 짓는 걸 보면 예전의 혜민이로 다시 돌아올 것을 믿어 본다. 녀석은 늘 그래왔으니까. 나의 말에 힘을 얻었다기보다는 오늘만큼은 누군가에게 기대어 맘껏 울고 싶었는지도 모르겠다. 부모님도 친구도 아닌 그 누군가에게. 그래서 그 녀석이 흘린 눈물은 슬픔이 아니라 기쁨이라고 믿는다. 그 기쁨을 보았기에 내일 아침 조회시간에는 뜬금 없지만 아이들에게 "힘내!"라는 말을 해야 할 것 같다.

스스로를 비참하게
만들 필요는 없어

슬럼프를 극복하는 법

'묵묵히'의 사전적 정의는 '말없이 잠잠하게'이다. 학생들 중에 이렇게 묵묵히 자기 길을 가는 아이를 보면 여간 대견한 게 아니다. 나도 저랬을까 싶을 정도로 모범적인 아이들이 있다. 이런 학생들은 어느 자리에서든 자신이 해야 할 일을 나무랄 데 없이 잘한다. 수업이든 생활이든 청소든 그 어느 것 하나도 모자란 구석이 없다. 담임의 손이 갈 데가 없는 아이들이다. 오히려 이 아이들의 도움으로 담임 역할이 편해질 정도다.

이런 아이들을 볼 때면 자식을 키우는 부모의 입장에서 우리 아이도 저렇게 잘 커주었으면 하는 욕심이 들기도 하고, 어떻게 키우면 저렇게 잘 클 수 있을까 하는 의문이 생기기도 한다. 때론 심심하다고 느껴질 정도로 아이들은 어디 하나 나무랄 데가 없다. 너무 바른 생활을 해서 오히려 가끔은 삐딱한 모습을 보고 싶을 때도 있지만 그런 일은 거의 일어나지 않는다.

하지만 이런 아이들도 부담에서 자유로울수 없는지라 조언을 구할때가 더러 있다. 워낙 성실하고 열심히 생활하기 때문에 별다른 문제가 없을 것 같지만 여느 아이들처럼 부담감을 느낀다. 부모님과 선생님의 기대 그리고 성적에 대한 중압감을 온몸으로 느끼는 것이다.

이런 아이들은 어딘가 모자라거나 부족한 부분이 없어 딱히 조언해줄 말도 마땅치 않다. 그저 "뭘 그런 걸로 걱정하고 그래. 잘하고 있으니 걱정하지 마. 지금처럼 해. 다 잘될 테니"라고 말해줄 뿐이다.

우리 반 가은이도 그런 아이였다. 묵묵히 자신의 일을 계획대로 실천하고 반장으로 학급 일도 도맡아 해결하는 주체적인 아이다. 전학년 담임선생님들도 기대를 가지고 항상 관심 있게 지켜보는 아이다. 어느 날 가은이가 평소답지 않게 어깨를 축 늘어뜨리고 나를 찾아왔다. 본인이 원하는 만큼 성적이 나오지 않아서였다. 고3 올라와서 성적이 조금씩 떨어지더니 전보다 더 열심히 노력하는데도 성적은 쉽게 회복되지 않았다. 1학년도 아닌 3학년이라 공부 방법을 바꾸기도 힘들어 섣불리 조언을 하기 어려웠다. 풀이 죽은 가은이에게 내가 할 수 있는 말은 많지 않았다.

"가은아. 공부를 하다 보면 누구나 슬럼프를 겪게 돼. 그 슬럼프를 극복하는 것은 결국 자기 몫이야. 무조건 열심히 한다고 해서 나아지는 게 아니거든. 선생님이 알기로 넌 누구보다 열심히 공부해 왔어. 지금 성적이 떨어진다고 해서 네가 잘못된 길을 가고 있는 건 아닐 거야. 뭐 이를테면 방법의 문제일 수도 있지. 만약 공부 방법에 문제가 있는 거라면 다른 방법을 찾아봐야겠지. 고3이라 늦었다고 생각하지는 마. 오히려 지금이라도 더 늦기 전에 찾는 게 좋지 않을까? 늦었다고 생각할 때가 가장 빠른 때라는 말도 있잖아.

무엇보다 중요한 건 네가 열심히 하고 있다는 거야. 스스로 후회하지 않을 만큼 공부하고 노력해서 결과까지 좋다면 가장 이상적이겠지. 하지만 그렇지 않다고 해도 네 자신에게 부끄럽지 않다면 비참해할 필요는 없지 않을까? 선생님은 지금의 너라면 어디 가도 부끄럽지 않은 사람이 될 거라고 믿어. 누군가 물어본다면 잠시도 망설이지 않고 대답할 수 있어. 가은이는 성실하고 똑똑한 아이라고. 그러니까 너무 염려하지 마."

열심히 잘하고 있다는 말만 듣고 가은이는 돌아갔다. 아이의 등 뒤로 "힘내라!"라는 말을 건넸지만 위로가 되는 것 같지는 않았다.

대입에서 좋은 결과를 얻지 못한 가은이는 결국 재수를 선택했다. 본인도 안타깝고 담임인 나 역시 안타깝고 미안했다. 그렇지만 내가 장담했듯이 가은이는 입시의 성공 여부와 상관 없이 평생 성실하게 자신의 일을 해낼 것이다. 입시에 성공하지 않았다고 해서 실패한 인생이라고 말할 수 있을까? 가은이 같은 아이들이 오래도록 기억에 남는 것은 이 아이들의 미래에 대한 믿음이 있기 때문이다.

사람마다 성공의 기준이 다르겠지만 가은이는 이미 그 묵묵함으로 성공을 얻었다고 본다. 가은이는 나이가 들어서도 자신이 하고 싶은 일을 하며 묵묵하게 자신의 길을 걸어갈 것이기 때문이다. 자신에게 주어진 시간을 허투루 흘려보내지 않는 태도는 가은이 자신뿐 아니라 그 주변과 사회를 더욱 건강하게 만들 것이다.

학생은 현실주의자,
선생님은 이상주의자

진학상담

담임교사의 역할 중 하나는 아이들에게 미래를 보여주는 것이다. 무엇을 하고 싶은지 어떤 모습으로 어디에 서 있을지에 대해 결론을 내려줄 수는 없지만, 교사는 아이들이 올바른 선택을 할 수 있도록 도와주어야 한다.

생활기록부에는 아이들의 진로지도 상황을 기록하게 되어 있다. 여기에는 학생과 학부모가 장래희망을 적어야 하고 어떤 식으로 지도했는지도 기술해야 한다. 누구나 경험했겠지만 장래희망은 어린 시절부터 무수히 바뀐다. 나 역시 어린 시절 대통령, 의사 등 무수한 희망을 적었지만 지금 교사를 하고 있는 것을 보면 장래희망이란 실현되기 어려운 일이다. 물론 어린 시절의 꿈을 이루는 경우도 있지만 말이다.

요즘 아이들의 꿈은 현실적이면서도 구체적이다. 이를테면 사장이나 사업가가 아니라 벤처사업가나 전문경영자라고 하고, 연구원이나 의사가 아니라 화학 연구원이나 성형외과 의사라고 적는다. 그러나 이렇게 직업이 구체화 되어 있다고 해서 이를 이루기 위한 준비라든가 그것을 통해 내 인생을 어떻게 설계해야겠다는 통찰이나 식견이 있는 것은 아니다. 그것은 예나 지금이나 다를 바 없다. 막연히 그 시대에 선망하는 직업을 택하거나 매체를 통해 비춰진 현실적인 욕망을 위해 선택하는 경우들이 더 많기 때문이다. 진학상담을 할 때 아이들의 입에서 "성적대로 가야죠", "취업 잘되고 돈 잘 버는 직업이면 되는데"라는 말이 나올 때면 안타깝기도 하지만 아이들을 탓하기도 힘들어 할말이 없다.

취업하기가 어려워서 대학에 진학하자마자 전공 공부보다 스펙을 쌓기 위한 영어공부에 열중하는 현실. 학과나 동아리 활동보다 자격증을 하나 더 따기 위해 전전긍긍하는 대학생들의 모습을 보며 기성세대로서 안타까움과 미안함을 같이 가지게 된다. 공무원, 교사와 같은 직업이 안정적이라는 이유로 직업 선호도 조사에서 상위권을 차지해 지금 이 순간에도 각종 고시에 매달리는 청춘이 즐비하다. 그런 현실이 이제 고등학교로까지 이어져 중학생조차 입시와 스펙에 시달리는 안타까운 상황이 벌어지고 있다.

그렇게 성공 신화에 사로잡혀 꿈다운 꿈을 갖지 못한 학생을 보면 어떤 말을 해주어야 할지 난감하다. 꿈이 아닌 욕망으로 가득찬 아이들에게 찬물을 끼얹고 싶지만 현실은 그렇지 않다.

김기림의 시 중에 '바다와 나비'가 있다. 그 시의 나비처럼 아이들이 청무우 밭인가 해서 내려갔다가 바닷물에 날개가 젖어버릴 수도 있을 테니 말이다. 하지만 현실이 그렇다고 해서 아이들에게 이렇게 살아야 한다고 이야기할 수만은 없다. 우리의 아이들은 행복한 인생을 살 가치가 충분히 있기 때문이다.

무엇을 하느냐보다 어떻게 사느냐가 더 중요하다. 어디에 있느냐가 아니라 어디로 가야 하는지에 대해 고민하고, 높은 자리에 올라 더 올라갈 수 없음을 한탄하기보다 조금은 모자라고 부족해도 함께 나누고 베푸는 것이 더 중요함을 아이들에게 알리고 공유하는 것이 나의 몫이리라. 가끔은 지나치게 현실적인 학생들이 "선생님은 너무 이상적이에요. 실제로는 사는 게 전쟁 같지 않나요?" 이렇게 되묻기도 한다. 이런 말을 들을 때면 섬뜩하면서도 그 아이에게 어떤 말이라도 해주어야 할 것 같아 이렇게 말한다.

"어느 순간부터 경쟁만이 사회의 절대가치가 되어버렸어. 그래서 우리는 모든 것과 싸우고 이겨야만 해. 하지만 그 끝에는 뭐가 있을까? 혼자만 남아 있거나 죽는 것 외에는 아무것도 없지 않을까?"

이 말을 듣는 아이가 어떤 생각을 할지 알 수 없다. 하지만 경쟁보다 더 중요한 것은 나누고 함께하는 것임은 부인할 수 없다. 지금 이 순간에도 저 높은 자리에 있는 사람부터 저기 길거리를 청소하는 사람까지 모두가 자신의 일을 열심히 하고 있기 때문에 우리들도 이렇게 공부할 수 있다는 사실을 알아주기 바란다. 무슨 일을 하는지가 중요한 게 아니라 자신에게 주어진 일을 얼마나 행복하게 열심히 하느냐가 더 중요하다는 것을 알았으면 싶다. 그 속에서 보람을 얻고 기뻐할 수 있는 것. 이상적일지라도 그것이 우리에게 진짜 필요한 것이라고 믿어주었으면 한다.

진로지도 상황에 직업에 대해 기술하는 것이 아니라 가치로 구체화하여 적었으면 싶다. 이를테면 가난한 사람을 도우며 행복하게 살고 싶다든가, 작은 일이라도 열심히 하는 사람, 힘든 사람을 보며 그냥 지나치지 못하는 사람, 작은 웃음이라도 줄 수 있는 사람과 같은 가치를 진로지도 상황에 적어보고 싶다. 직업은 그런 것이어야 한다.

가치란 직업에 구애받지 않고 추구할 수 있는 것이다. 우리의 진로, 직업, 꿈이 높은 자리와 돈을 벌기 위한 게 아니라, 세상의 빛과 소금이 되는 가치를 만들어가는 것이었으면 한다. 누군가는 그저 꿈이라고 말한다. 꿈꾸는 것이라고 해도 좋다. 꿈꾸는 자만이 현실에서 그 꿈을 이룰 수 있다. 꿈을 꿀 수 없다면 현실은 절대 변하지도 바뀌지도 않는다.

지금 여기는
종착역이 아니라 환승역일 뿐

수능시험 전날

"내일이면 수능 날이다. 너희들에게 수험표를 나눠주는
선생님 마음도 긴장되기는 마찬가지야. 큰일을 앞두면 누
구나 긴장할 수밖에 없지. 시험을 보는 너희들도 그렇겠지만 너희들
의 부모님도 그러실테고 너희들과 일 년을 보낸 나 역시도 떨려. 그
긴장감은 무엇 때문일까. 시험을 못 볼지도 모른다는 두려움이 제일
크겠지.

그런데 말이다. 선생님은 그보다 더 걱정되는 게 있어. 누구든 어
떤 시험이든 시험이란 건 잘 볼 수도 있고 못 볼 수도 있지. 시험을
잘 본 사람은 잘 본 대로 기뻐할 것이고 시험을 못 본 사람은 슬퍼할
수밖에 없을 거야. 너무나 당연한 일이지. 선생님은 시험의 결과보

다 지난 일 년간 너희가 지나온 과정이 어떤 모습으로 남겨질지가 더 신경이 쓰인단다. 지난 일 년 동안 모두 열심히 노력했다고 믿어. 주말도 반납하고 잠도 제대로 못 잔 채 우리는 그렇게 달려왔잖아. 그 결과가 아직 어떻게 나올지는 알 수 없지만 선생님은 우리 반 모두가 노력한 만큼의 대가를 받는 게 더 중요하다고 생각해.

우리는 늘 결과에만 신경 쓰고 있지만 그 결과가 아름다울 수 있는 건 우리가 지내왔던 시간들, 즉 과정이 있기 때문이야. 농부가 추수를 앞둔 가을 들판을 보며 뿌듯한 마음을 가지는 건 자신의 노력이 헛되지 않았기 때문이야. 비록 흉년이 든다 해도 농부가 안타까워하는 것은 결과가 아니라 자신의 지난 시간에 대한 안타까움 때문일 거야.

우리의 삶은 내일 하루로 결정되는 게 아니야. 시험 결과에 따라 대학을 다닐 사람도 있고, 재수를 하면서 다시 공부해야 하는 사람도 있겠지만 그 모든 게 농부가 매년 씨를 뿌리는 것과 다르지 않아. 선생님 역시 오늘 밤은 너희들을 생각하며 잠자리에 들 거야. 너희들이 뿌린 씨앗이 인생에 제대로 뿌리 내릴 수 있도록 말이야."

이렇게 말하는 순간 아이들의 눈빛은 긴장과 떨림이 역력하다. 내가 하는 말이 귀에 잘 들리지 않을 것도 같다. 그럼에도 내가 할 수 있는 것은 아이들의 긴장을 풀어주는 것이다. 긴장을 풀어주지 못하더라도 무엇을 위해 지난 시간을 달려왔고 노력했는지 깨닫고 준비하는 시간이 되었으면 싶다.

지금 너희들이 서 있는 곳이 종착역이 아니라는 것을. 이제 겨우 우리는 몇 번이나 경험한 환승역에 도달한 것뿐이라는 것을. 이곳에서 누군가는 급행열차를 타고 누군가는 완행열차를 타기도 하겠지만 모든 기차는 종착역을 향해 달려간다. 누군가는 빨리 도착하고 누군가는 시간을 놓쳐 다음 기차를 타는 사람도 있을 것이다. 하지만 우리는 알고 있다. 누구나 종착역에 도착할 것임을.

누가 빨리 어떻게 가느냐의 문제보다 더 중요한 것은 우리가 달리고 있다는 사실이다. 그 속에서 우리는 차창을 내다보며 주변의 풍경을 보기도 하고, 옆사람과 이야기를 나누기도 한다. 가끔은 창밖의 풍경이 너무 아름다워 종착역이 아닌 곳에 내리기도 한다. 그렇다고 해서 그 어느 누구도 뭐라 하지 않는다. 내일 보는 시험이 너희들 인생에서 매우 중요하지만 인생 전부를 결정하는 것은 아니니 너희들이 가진 모든 것을 마음껏 보여주었으면 한다. 우리는 겨우 환승역에 서 있을 뿐이다. 그것도 출발한 지 몇 분 되지 않은 그 기차의 플랫폼에.

힘들겠지만
일 년 더 고생해보자

재수를 권한 이유

한 해의 끝자락인 12월에 누군가는 나이 먹는 서러움에 가슴 시려 하고, 누군가는 한 해를 제대로 보내지 못한 것에 아쉬움을 토로한다. 또 누군가는 내년을 위해 스스로를 돌아보고 어떻게 살아가야 할지 고민하는 시기이기도 하다.

떠들썩한 연말의 기운과 서운함으로 가득한 그 시기를 뒤로 하고 아이들과 입시상담을 하노라면, 아이들의 수능 성적표에 따라 울적한 마음이 더해만 간다. 시험을 잘 본 아이들의 숫자보다 시험을 못 본 아이들이 더 많기 때문이다. 더군다나 그 결과를 자신의 노력에 대한 정당한 결과로 받아들이지 못하는 경우가 많아서인지도 모른다. 그래서 담임은 애써 담담하게 이야기하지만 아이들은 그렇지 않아 교실 분위기는 냉랭하기만 하다.

상담을 진행하기도 전에 재수를 생각하는 아이들이 많다. 원서조차 쓰지 않으려고 하는 아이들 또한 꽤 있다. 재수의 어려움과 재수를 한다고 해서 성적이 무조건 올라가거나 원하는 대학에 입학하는 게 아님을 누차 강조했음에도 불구하고 막상 본인의 일이 되면 그동안 들은 말은 기억이 안 나는 모양이다.

오늘은 동욱이와의 상담이 예정되어 있다. 어제 저녁부터 여러 가지를 생각해보았지만 아직까지 결정을 내리지 못했다. 결과만 놓고 본다면 동욱이의 성적은 나쁘지 않다. 오히려 1, 2학년 때 성적에 비하면 상당히 좋은 성과를 얻었다. 그럼에도 불구하고 이렇게 망설이는 것은 그 동안 동욱이가 보여준 노력 때문이다.

3학년에 올라 와 동욱이의 담임이 되었을 때 받은 동욱이의 인상은 그리 좋지 않았다. 편견이나 선입견을 갖지 않으려고 하지만 그간 보여준 동욱이의 모습이나 주변 선생님의 평가는 좋은 이야기보다 나쁜 이야기가 많았다. 동욱이는 덩치도 크고 인상도 그리 좋은 편이 아니라 어디에서든 눈에 띄는 아이었다. 가끔은 좋지 않은 일에 연루되는 경우도 있었다.

하지만 고3이 된 동욱이는 내가 아는 그전의 모습이 아니었다. 아침부터 저녁까지 자리에 앉아 묵묵히 공부를 했다. 처음 한 달 정도는 고3이 되면 저렇게 바뀌는구나 하고 생각하면서 얼마나 갈지 우려 섞인 눈으로 보았다. 그러나 녀석은 조금씩 해이해지는 아이들과는 다르게 꾸준히 자기 모습을 유지하고 있었다. 몇 차례 상담을 하면서 이런 이야기를 나눴다.

"요즘 열심히 공부하더라. 힘들지?"라고 물으니 어른스럽게 대답한다. "힘들긴요. 할 만해요. 그동안 공부 열심히 안 했잖아요. 따라잡으려면 지금 하는 것도 모자라다는 거 잘 알아요. 이럴 줄 알았으면 1, 2학년 때 열심히 할 걸 그랬어요. 공부하는 게 힘든 게 아니라, 모르는 게 많아 걱정이에요."

이렇게 말하는 동욱이의 모습을 보며 무엇이 이 아이를 이렇게 철들게 만들었는지 궁금했다. 동욱이는 지난 일 년간 교실의 누구보다 열심히 노력했다. 결과보다 과정이 가장 빛나는 아이였다. 그랬기에 나의 고민은 더욱 컸다. 이럴 땐 아이의 의견을 먼저 들어보는 것도 나쁘지 않을 것 같아 동욱이를 교무실로 부른다. 보통의 경우는 컴퓨터를 나란히 보고 상담을 하지만 그것보다 먼저 동욱이의 의견을 듣고 싶어 마주보고 앉는다.

"어때? 요즘은 뭐하니?"

"그냥 그럭저럭 있어요."

"그 동안 못한 것도 좀 하고 놀기도 하고 그래야지?"

"특별히 새로운 것도 없잖아요. 애들이 놀자고 하는데 전 그냥 집에 있어요. 머리도 복잡하고 뭐 그냥 그래서."

이렇게 말하는 걸 보니 나와 크게 다르지 않은 고민을 하고 있다는 생각이 들었다. 어찌 풀어야 할까 고민하다가 마음속에 품어 두었던 이야기를 풀어낸다. 선택은 나의 몫이 아니라 녀석의 몫이니까.

"동욱아. 보통은 지금 성적에 맞춰 대학을 가라고 할 거야. 그런데 네 경우는 성적이 분명히 많이 올랐거든. 지금 성적이 우리가 목표로 했던 기대치에는 조금 모자라지만 그래도 좋은 결과라고 생각해. 그래서 선생님도 판단을 내리기가 쉽지 않구나. 재수를 한다고 꼭 성적이 오른다는 보장도 없는데, 힘든 생활을 일 년 더 하라고 하기도 쉽지 않고 말야."

이런 말은 누구에게도 하기 어렵다. 이야기를 듣는 동욱이의 표정이 점점 무거워진다. 그 표정을 보는 순간 나는 또 하나의 힘든 결정을 내렸는지도 모르겠다.

"동욱아. 선생님 이야기 잘 들어. 네가 어떻게 받아들일지 모르지만 선생님이 판단하기에는 일 년 더 공부하는 것도 나쁘지 않을 거 같다. 담임선생님이 재수를 권하는 경우는 그렇게 많지 않아. 일반적으로는 시험을 아주 망쳐버렸거나 스스로 재수를 선택한 경우가 대부분이거든. 그런데 너의 경우는 둘 다 아니잖니. 그럼에도 불구하고 선생님은 동욱이가 일 년 더 공부하는 게 나쁘지 않단 생각이 들어. 재수를 하면서도 지금처럼 열심히 할 거라고 믿어. 딴 데 한눈

팔지 않고. 그리고 지금 네 얼굴은 3월에 봤던 거랑 많이 달라. 인상도 많이 부드러워지고 얼굴에 웃음도 많아졌어.

너의 지난 일 년 그리고 앞으로 일 년이 네 인생에 있어서 가장 중요한 순간이 되지 않을까? 성공이냐 실패냐의 문제가 아니라 그렇게 무언가를 위해 열심히 노력한다는 것 자체가 너에게 소중한 자산이 될 거야. 그 자산은 우리 반의 누구도 갖지 못한 것이거든. 남보다 늦게 출발했지만 넌 일 년 동안 누구보다 열심히 노력했잖아. 실력도 늘었지만 많이 성장했다고 믿어. 재수를 하면 다른 친구들보다 일 년 늦겠지만 그 일 년이 너의 인생에서 헛되지 않을 거라고 믿어. 쉽게 결정할 문제는 아니지만 좋은 결과가 있을 거야. 선생님 빈말 못하는 거 너도 알지? 집에 가서 부모님과 잘 상의하고 결정해.”

녀석은 “네” 하고 말없이 자리에서 일어난다. 교무실 문을 여는 녀석의 등이 눈에 들어온다. 덩치 큰 녀석의 잔뜩 웅크린 뒷모습이 안쓰럽다. 뒤 따라 나가 어깨에 손을 얹고 “힘내. 너답지 않잖아”라고 말하고 싶지만 애써 한번 웃어주고 다시 교무실로 되돌아온다.

다음 날 어머님이 학교로 찾아오셨다. 어머님 역시 원서 상담보다는 어떤 결정이 옳은지 조언을 구하러 온 것이다. 어머님에게 해드린 말 역시 동욱이에게 한 것과 크게 다르지 않았다.

“어머님. 아이나 부모님에게 재수를 권하는 경우는 별로 없습니다. 재수를 하면 힘들기도 하지만 성적이 오른다고 보장할 수도 없거든요. 원하는 결과가 나오지 않으면 자기가 한 건 생각하지 않고 선생님 탓을 하는 경우도 종종 있고요. 그런데 동욱이는 재수를 하는 게 더 낫다는 생각이 듭니다. 결과의 문제가 아니라 지난 일 년간의 노력이 너무 아깝기도 하고 뒤늦게 시작한 만큼 일 년 정도 공부를 더 하면, 분명히 그 노력에 대한 보상을 받을 수 있을 것 같습니다. 올해 한 것처럼 내년에도 한다면 결과의 성공 여부를 떠나서 앞으로 살아가는 데 중요한 경험이 될 거예요. 어디에 가서든 어느 자리에 있든 열심히 무엇이든 잘해낼 아이라고 생각합니다."

어머님도 고개를 끄덕거리며 내 말에 동의해 주셔서 마음이 놓인다.

"선생님 제 생각도 그래요. 선생님도 아시다시피 지난 일 년간 옆에서 보는 저도 안쓰러울 정도로 열심히 공부했거든요. 선생님 말씀대로 철없던 아이가 어른이 되었구나 하는 생각을 많이 했어요. 선생님 덕에 많이 나아진 것 같아서 늘 감사하게 생각해요. 이번에 더 좋은 결과 나왔다면 이렇게 고민하지 않을 텐데, 일 년 더 고생해야 한다니 부모로서 안쓰럽기도 하고 미안하기도 하고 그러네요."

"너무 걱정하지 마세요. 분명히 잘할 겁니다. 억지로 누군가에게 등 떠밀려서 결정한 것도 아니고 본인 스스로 다짐하고 결정을 내린 거니 어머니는 응원해 주시는 게 맞습니다. 저도 좋은 결과가 나올 테니 너무 걱정하지 말라고 격려하겠습니다. 공부하다가 힘들거나 어려운 일이 있으면 언제라도 선생님을 찾아오라고 할게요. 힘들겠지만 이제부터는 동욱이 몫이니까요."

어머니와 상담을 마친 후 동욱이는 재수를 시작했다. 기숙학원에 들어가 연락도 끊고 열심히 공부했다.

다음 해 스승의 날 재수생임에도 찾아온 동욱이의 모습은 3학년 때보다 훨씬 밝아졌고, 웃는 표정으로 내 앞에 서서 이렇게 말했다.

"힘들긴 해도 저 열심히 공부하고 있으니 그렇게 안쓰러운 표정으로 보지 마세요. 나중에 성적표 가지고 올 테니까 상담해 주세요. 성적도 많이 올랐어요."

분명히 고3보다 힘든 생활일 텐데 녀석은 애써 밝게 이야기한다. 그런 녀석의 모습에 울컥 하는 마음이 들었지만 티 내지 않고 많이 어른스러워졌다며 더 열심히 하라고 말한다. "시험 끝나고 오면 선생님이 술 한잔 사마" 하며 어깨를 두드려 준다. 교무실을 나가는 녀석의 모습에는 작년 수능 후의 그 무거운 어깨는 어디론가 사라지고 기대와 희망이 가득해 보이는 것은 내 눈에만 그런 걸까.

일 년 후 동욱이는 좋은 성적표를 가지고 웃으면서 학교에 왔다. 재수를 하고 난 그 겨울 어느 날. 새하얀 이를 드러내며 내 앞에 서서 이렇게 말한다.

"성적표 여기 있어요. 얼른 상담해 주세요."

실패를 경험할수록
강해지는 생명력

대학 입시 결과 발표

일 분, 한 시간, 하루, 한 달 그리고 일 년. 지나간 시간은 짧지만 기억해야 할 것들은 많다. 절대적인 시간은 누구에게나 같지만 그 속에 담겨 있는 이야기는 누구에게든지 다르게 기억된다. 지나간 인생은 순간이지만 지금 보내는 시간은 왜 이리 더디기만 한 것인지. 그럼에도 우리는 잊지 않기 위해 기억하기 위해 시간을 곱씹으며 바래진 사진첩을 넘기고 있다. 그 추억의 사진첩에서 우리가 기억해야 할 것은 성공이 아니라 실패인지도 모른다. 상처는 손을 대면 덧날 수 있지만, 오히려 그 상처로 인해 내 몸을 돌아볼 수 있다는 사실을 우리는 놓치고 있다.

온실 속 화초는 자연에서 쉽게 자라지 못한다. 하지만 자연에서 자라난 이름 없는 풀들은 어떤 환경에서도 굳건히 대지에 뿌리를 내리고 생명을 이어간다. 실패를 경험하며 이겨낼 수 있는 생명력을 가지고 있기 때문이다. 꽃을 잘 피우지 않는 식물이 꽃을 피우는 경우가 있다고 한다. 그 이유는 환경이 너무 열악해 더 이상 생명을 이어가기 힘들 때 종의 번식을 위해 또 다른 생명을 남겨두려는 그들만의 노력인 것이다. 실패를 기억하는 것은 되풀이하지 않기 위해서가 아니다. 그것은 끊임없이 되풀이하더라도 성공을 위해서 아니 조금 더 앞으로 나아가기 위해 때론 살기 위해 노력하는 것이다.

학기 초에 급훈을 정한다. 아이들과 함께 급훈을 정하기 위해 학급회의도 해보고 숙제도 내보며 의견을 모아 봤지만 장난스런 말장난만 가득하고 마땅한 게 없다. 인터넷에 떠도는 우스꽝스러운 급훈과 의미 없는 구호들로 가득하다. 이럴 때면 내가 생각해둔 것을 급훈으로 삼는 경우가 많다. 그 중의 하나가 '죽은 고기만이 강물을 따라 헤엄친다'이다. 죽은 고기는 강물에 자신을 맡기지만 살아있는 고기는 실패를 두려워하지 않고 자신의 삶을 스스로 개척해가며 스스로를 내던지는 존재인 것이다. 난 아이들이 이렇게 살아주었으면 싶다.

수시와 정시가 끝나면 대학 입시의 결과가 발표된다. 이 발표에 따라 아이들의 표정이 극명하게 갈린다. 합격한 아이의 웃음과 불합격한 아이들의 불안함이 교실에 가득하고 화합할 수 없는 기운 속에 담임교사의 목소리에도 조심스러움과 안타까움이 가득하다. 당사자의 고통이 가장 심하겠지만 그 모습을 지켜보는 부모님이나 선생님의 마음 역시 편하지만은 않다.

그럼에도 불구하고 난 아이들에게 들리지 않을지도 모를 이야기를 해야 한다. 실패는 영원히 지속되는 것이 아니라 지금 이 순간 일어난 일일 뿐이라는 것을. 누구에게나 일어날 수 있는 일이며, 누구나 경험할 수밖에 없는 일이라는 것을 알면서도 막상 나에게 닥치면 꺼려하고 피하려고 든다.

실패의 순간 우리는 오늘의 움츠림이 더 큰 도약을 위해 주어진 것임을 인정하고 받아들여야 한다. 비록 대학에 떨어진 아이들은 일 년 더 수험생 생활을 하겠지만 그것이 더 큰 자신으로 성장하는 과정이라는 사실을 곧 알게 될 거야. 작은 실패이거나 혹은 절대 일어서지 못할 것 같은 순간들을 이겨내고 뒤를 돌아보는 순간 '아! 내가 저 길을 걸어왔구나. 앞으로 이것보다 더한 것도 헤쳐나갈 수 있겠구나' 하는 마음을 가지게 될 것이다.

우리가 살면서 경험하게 될 실패는 이번만이 아니다. 그 실패에 매번 주저앉고 슬퍼하지 말고, 그것이 인생이라는 마라톤에서 목이 마를 때 마시는 물처럼 너희에게 다시 뛸 수 있는 힘을 줄 것이다. 실패를 기념한다는 것은 성공의 기쁨을 느낀다는 것과 동어반복이라는 것을 잊지 않았으면 싶다.

또 다른 세상으로 걸어갈
아이들에게

졸업식을 앞두고

끝이라는 단어는 '마지막' 또는 '더 이상 계속될 수 없다'는 의미이면서 동시에 '새로운 시작' 또는 '끊임없이 이어진다'는 의미를 내포하고 있다. "이제 끝이야"라는 말은 "새롭게 시작할 거야"라는 말과 같은 의미로 사용된다고 할 수 있다. 그런 의미에서 2월은 끝이면서 동시에 새로운 시작이다. 그 시작에 봄방학, 새로운 학기의 시작이 있다고 하면 그 끝에는 졸업식이 있다.

고등학교 졸업은 진학과 밀접한 관련이 있다. 누군가는 입시에 성공하여 대학 진학을 앞두고 있고 또 다른 누군가는 재수생이라는 이름으로 1년 더 입시를 준비해야 한다. 간혹 고등학교를 졸업하고 사회에 나가는 학생도 있지만 그 역시 새로운 시작이다. 초중등학교와 다르게 고등학교를 졸업한 이후 걷게 될 길을 아이들이 어떻게 생각하고 준비하는지 궁금하다.

일부는 획일적이고 강압적인 학교 문화에서 벗어난다는 것만으로 기뻐 두려움보다는 설레임이 더 클 것이다. 마치 우물 안에 갇혀 있다 바다로 나가는 개구리와 같다. 우물에서 나온 개구리는 끝없이 펼쳐진 하늘과 바다를 보고 어떤 생각을 할까? 저 하늘 너머 끝에는 우리가 알지 못하는 무언가가 기다리고 있을 거라는 막연한 설레임만 가득할 것이다. 하지만 조금만 달리 생각해 보면 든든한 버팀목이 되어주던 우물이 사라지고 이제는 모든 것을 스스로 맞이하고 해결해야 한다는 뜻인지도 모른다. 그래서 더 이상 다른 사람의 도움 없이 홀로 서야 한다는 것을 깨달으려면 파도에 부딪히고 먹구름과 비바람 속에 자신을 내맡긴 채 몇 번이고 넘어지고 다시 일어서야 할지도 모른다.

그런 의미에서 본다면 졸업식은 기쁨만이 아닌 또 다른 세상으로 열려 있는 관문이다. 그전까지 경험하지 못했던 길. 그 길에서 스스로를 책임지기 위해 얼마나 열심히 노력해야 하는지 이제 서서히 깨닫게 될 것이다.

그래서인지 졸업식을 준비하고 아이들을 보내야 하는 3학년 담임 교사의 마음은 복잡하기만 하다. 졸업식의 의미 때문이 아니라 이제는 품안의 자식이 아니라 하나의 인격체로 사회에서 가치 있는 일을 하며 성장하기를 바라는 마음에서다. 졸업장과 앨범을 나누어주는 그 순간 아이들의 눈에는 아쉬움과 기대가 교차한다.

무슨 말을 해야 할지 몰라 아이들의 손을 잡아 주거나 안아줄 뿐이다. 몸과 몸이 부딪혀 아이들의 심장소리가 나에게 전해진다.

마냥 즐겁기만 했던 나의 졸업식을 생각해 본다. 나의 선생님도 이런 마음이었으리라. 이제 내가 교사가 되어 아이들을 보내는 그때 선생님의 마음을 조금이나마 이해할 수는 있을 것 같다. 이름 짓고 규정지을 수 없더라도 심장과 심장으로 이어지는 느낌 말이다. 졸업식 노래를 부르며 아쉬움에 눈이 촉촉해지는 순간 문득 아이들의 꿈과 나의 꿈이 겹쳐진다.

"위대하고 훌륭한 사람만이 세상을 살아가는 게 아니란다. 그렇기에 꿈이 있는 너희들은 내게 있어 소중하다. 너희들 하나하나는 너무너무 소중하고 빛이 나는 존재라는 걸 스스로 알아야만 해. 그래서 스스로 서야만 한다. 그 자리에 뿌리내리고 자라고 꽃 피워야 한다. 거기가 어디든지."

Part 2
공부는 왜 하는 걸까?

우리는 무엇 때문에 공부를 하는 걸까?

공부의 목적이 대학을 가는 것이어서는 안 된다.

자신의 욕망을 채우기 위한 공부가 아니라

행복해지기 위한 공부를 해야 하지 않을까?

아이들에게 가르쳐야 하는 것은 등수가 아닌

그들의 꿈을 들어주는 것이 아닐까?

모든 학교 수업은
인생을 준비하는 시간이야

외출 허락을 안 해준 이유

조회를 끝내고 교무실로 들어서는데 한 아이가 병원에 다녀오겠다며 외출 허락을 구하러 왔다. 수업 시간에 다녀오겠다는 아이의 말에 수업에 빠지지 말고 가능하면 점심시간에 다녀오라고 말했다. 외출을 허락해 주지 않자 짜증스러운 얼굴로 교무실을 나가는 아이를 보며 이건 아니다 싶은 생각에 불러 세운다.

우선은 버릇없는 행동을 한 아이를 좋은 말로 타이르지만 뿌루퉁한 표정이 쉽게 바뀌지 않고 내 말을 듣는 둥 마는 둥 하고 있다. 흥분을 가라앉히고 이야기하는 게 좋을 것 같아 교실로 보낸 뒤 상황을 파악하기 위해 부모님과 통화를 한다.

부모님과 통화해 보니 수능 과목이 아닌 2교시 수업은 빠져도 된다는 생각으로 나를 찾아온 모양이다. 부모님은 점심시간에 아이와 함께 다녀오면 된다고 말하는데 아이는 2교시를 빠질 생각으로 어머니가 시간이 그때밖에 안 된다는 식으로 나한테 거짓말을 한 것이다.

아이를 다시 불러 무엇을 잘못했는지 알려준다. 요즘에는 너무나 당연한 상황도 아이들에게 자세하게 설명해야 한다. 자기중심적으로 사고하다 보니 자기 뜻대로 되지 않으면 자신의 잘못을 모르고 선생님만 원망하는 경향이 비일비재하다. 외출 허락을 받으러 온 아이처럼 거짓말이 드러나도 이런저런 핑계를 대면서 문제의 본질을 피해가려고 한다. 다시 교무실에 온 아이는 내 말을 듣고 있지만 나를 원망하는 표정이 역력하다. 아이의 행동이나 표정을 보는 내 마음도 씁쓸하기만 하다.

그날 수업 시간에 아이들에게 이런 이야기를 한다.

"우연이란 무엇일까? 우연과 필연의 차이는 어디에서 올까? 우리가 생각하는 우연이란 준비된 자의 필연이 아닐까? 준비된 자는 우연이라는 기회를 잡을 수 있어. 하지만 준비가 되어 있지 않은 자에게는 우연이라는 기회가 와도 그 사실을 모르고 지나치거나 놓쳐 버리게 될지도 몰라.

살다 보면 누구에게나 몇 번의 기회가 온다고 하지. 그 기회는 우리에게 아직 오지 않았을 수도 있고, 이미 한두 번의 기회가 왔음에도 불구하고 그냥 모르고 흘려보냈을 수도 있어. 그러면 우리는 어떡

해야 할까. 무엇이든 열심히 해야 하지 않을까? 왜? 우리는 준비하는 사람이니까. 준비하는 사람은 세상을 넓게 바라봐야 하거든. 선생님도 아직 준비하고 있어. 내 앞에 펼쳐질 인생이 아직 끝났다고 생각하지 않거든. 아직 나에게 몇 번의 기회가 남아 있는지는 알 수 없지만 혹시 모를 그 순간을 위해 공부하고 준비하고 살펴보고 있거든.

우리 모두에게는 꿈이 있지. 하지만 그건 아직 확정되거나 고정된 실체가 아닐 거야. 그래서 우리는 항상 준비해야 해. 여기 우리 시간표가 있지. 아침부터 7교시까지 많은 과목을 배우고 있어. 흔히 국어, 영어, 수학이 가장 중요하다고 생각하지. 그렇다면 체육, 음악, 미술, 기술가정 이런 것들은 왜 배울까? 한번쯤 고민해보지 않았니? 나도 예전에는 불필요하다고 생각했었어. 그런데 그런 것들이 시간이 지나다 보면 어느 순간 나에게 참 필요한 순간이 오더라고. 그래서 그때 조금 더 집중했더라면 좋았을 걸 하고 후회하게 돼.

국문과를 선택한 내게 영어나 수학은 중요하지 않다고 생각하고 소홀했었는데 세상을 살다 보니 나에게 꼭 필요한 공부였다는 걸 알게 됐어.

〈슬럼 독 밀리어네어〉라는 영화가 있어. 빈민가 출신의 열여덟 살 고아 자말이 거액의 상금이 걸려 있는 '누가 백만장자가 되고 싶은가'라는 최고 인기 퀴즈쇼에 참가하지. 처음 모두에게 무시당하던 자말은 예상을 깨고 최종 라운드에 올라. 그런데 정규교육도 제대로 받지 못한 자말이 우승할 리가 없다고 생각한 경찰은 자말을 사기죄로 체포해. 하지만 자말이 살아온 모든 순간이 정답을 맞추는데 실마리가 되었다는 게 밝혀져.

이 영화를 보면서 선생님은 이런 생각을 했어. 우리의 인생 역시 무수히 많은 조건과 실마리들 속에 빠져 있다는 거야. 그것을 자신의 것으로 만드느냐 만들지 못하느냐는 인생을 얼마나 치열하게 사느냐와 다르지 않다는 거지. 조금 과장된 것일지 모르지만 우리가 인생에서 가장 중요한 걸 놓치고 있는 건 아닐까? 선생님 역시 지금 이 나이가 되어 고등학교 시절을 돌아보면 수업 시간에 배웠던 내용뿐 아니라 고등학교 생활 전체가 기억이 나. 결국 고등학교 생활이 나를 만드는 중요한 시간이었다고 생각해. 너희들의 지금 생활은 우연의 연속이겠지만 결국 그 우연들 속에 스스로를 얼마나 밀어 넣느냐에 따라 너희들의 인생이 달라질 수 있다는 걸 알아주었으면 해."

한 아이의 외출 허락에서 시작된 일이었지만, 아이들에게 바라는 것은 매 순간 열정을 가지고 열심히 살라는 것이다. 순간순간에 최선을 다하고 그 속에서 하나라도 더 배우기 위해 노력하라는 것. 그것이 내가 아이들에게 가장 해주고 싶은 말이 아닌가 싶다. 지난 시간을 후회하지 않는 사람은 없다. 다만 조금이라도 덜 후회하기 위해 매 순간 우리는 손 하나 발 하나 움직이는 데에서 시작하고 출발해야 한다는 것을 알아주었으면 한다.

수업 시간에 자습을 하자는 건
주객전도

시험 범위와 진도

일 년간 어김없이 돌아오는 네 번의 시험. 너 나 없이 바쁘기만 하다. 그러고 보면 학교는 바쁘지 않은 시기가 없다. 학교 풍경은 밖에서 보면 너무나 평화롭고 고즈넉하다. 멀리서 보아도 학교라는 것을 알 수 있는 건물, 먼지가 잔뜩 날리는 운동장에서 뛰어 노는 아이들. 풍경처럼 보이는 그 안의 모습은 언제나 정신없는 날들의 연속이다.

시험을 열흘 남짓 앞두고 교사나 학생 모두 시험 준비에 여념이 없다. 교사들은 시험 출제와 확인에 바쁘고 아이들은 그 많은 시험 과목을 공부하느라 바쁘다. 수업을 끝마치고 나면 여기저기서 쏟아지는 질문을 받느라 쉬는 시간에도 교실에 붙잡혀 있기 일쑤다. 아이들이 묻는 문제 역시 대부분 다르지 않다. 같은 문제를 이 아이에게도 저 아이에게도 설명해 주어야 하는 경우가 많고, 문제가 이상해서 아이들과 함께 씨름 하는 경우도 적지 않다.

수업 시간에도 시험 범위가 끝나지 않으면 아이들의 자세는 여느 때와 다르다. 대학에 들어가려면 내신 역시 소홀히 할 수 없기 때문에 하나라도 놓칠세라 볼펜을 손에 쥐고 받아 적는 데 여념이 없다. 시험 범위가 끝난 후 진도라도 더 나가려고 하면 여기저기서 자율학습 시간을 달라고 야단이다. 이런 아이들의 마음은 알지만 자율학습을 주면 떠들기만 할 뿐 그다지 효율적이지 않다는 것을 알고 있기에 한 귀로 흘려듣고 진도를 나가게 된다. 자율학습은 그저 시험 전날 한 시간이면 족하다는 게 그간의 경험이라고나 할까.

"시험은 그 동안 배운 것을 확인하는 거야. 그 결과 때문에 과정을 소홀히 하는 건 말이 안 되지. 그러니까 우리는 다음 시험을 위해서라도 지금의 수업에 충실해야 해. 시험을 왜 보니? 그간 배운 내용을 점검하고 모자란 부분을 보충하는 거잖아. 그러니 그동안 수업을 열심히 들었고, 그 과정에 충실했다면 그것으로 된 거야. 지금은 다음 시험을 대비해서 진도를 나가는 게 아니라, 교육목표에 맞게 큰 그림을 그리기 위한 과정을 이어나가야 해."

내가 하는 말이 아이들의 귀에 들리기나 할까? 아마도 자율학습 시간을 주지 않은 것에 대한 원망의 마음밖에 없을 것이다. 웅성거리는 아이들을 조용히 시키고, 마음을 다잡고 수업을 하노라면 어쩔 수 없다는 듯 수업을 듣기는 한다. 하지만 가끔은 책 아래 다른 책을 놓고 시험 준비를 하는 아이들을 발견하기도 한다. 시험이 다급하기 때문에 한 편으로는 이해가 가지만 그렇게 공부하는 것이 능사는 아닐 텐데 하는 생각을 하면서 마음이 씁쓸해지기도 한다. 정도가 지나친 아이가 있으면 그 근처를 의도적으로 지나거나 불특정 다수를 향해 이야기한다.

"수업 안 듣고 다른 공부를 하는 사람이 눈에 보이네. 너희들 마음은 알겠다만 하나를 얻기 위해 다른 하나를 버리면 하나를 얻는 게 아니라 둘을 잃게 될지도 모른다는 걸 명심해. 자 생각해봐. 선생님의 눈을 피해서 힘들고 어렵게 딴 공부를 해봐야 얼마나 할 수 있겠니. 선생님 눈치 보느라 문제에 제대로 집중하지도 못하겠지. 공부를 하는 것 같지만 오히려 시간을 허비하는 게 아닐까? 선생님의 눈을 피해 엉뚱한 짓을 하고 있으니 양심에도 어긋나고 말야.

지금 하는 수업 역시 중요하지 않을까? 다음 시험에 나오는 내용일 테고 너희들의 인생에서 지금 하는 내용이 중요한 영향을 미치게 될지도 몰라. 그렇게 숨어서 다른 공부를 하면 과연 하나를 얻게 될까? 선생님은 하나를 얻기보다 더 많은 걸 잃을지도 모른다는 생각이 들어. 그러니 선생님 눈을 피해 엉뚱한 짓을 하는 걸 그만두고 이제 여기를 보세요."

이렇게 이야기하면 대부분의 아이들은 감춰두었던 책을 조용히 내려놓는다. 물론 여전히 딴 공부를 하는 아이도 있다. 그러면 시험 기간이니 잠시 눈을 감아줄지, 지금 저렇게 공부하는 것이 도움이 되지 않는다는 걸 따끔하게 알려줄지 갈등하게 된다.

"선생님이 자습 시간을 주지 않은 게 원망스러울 수도 있을 거야. 하지만 공부는 나의 시간을 어떻게 잘 활용하는지에 대해 배우는 과정이기도 해. 학교의 수업 시간은 선생님과 학생이 함께 소통하며 무언가에 대해 탐구하는 시간이야. 그렇기 때문에 많은 시간을 의미 없는 자율학습 시간으로 주는 것은 좋은 방법은 아니겠지. 지금의 내용을 가지고 너희들이 예습도 하고 복습도 하고 그것들을 확인하기 위해 시험을 보는 건데. 그 시험 때문에 가장 중요한 것을 놓쳐버리면 우리가 문학시간에 배운 것처럼 주객전도가 아닐까. 원래 있어야 할 곳에 다른 것이 자리를 떡 하니 차지하고 있는 것처럼 말이야."

시험을 앞두고 수업을 하는 것이 쉽지만은 않다. 그래도 시험 전한 시간 정도만 자습시간을 줄 뿐, 그 전에는 가급적 수업을 하려고 한다. 내가 아이들에게 했던 말, 시험은 결과일 뿐이고 그것보다 더 중요한 것은 수업이라는 것을 스스로 지키기 위해 말이다.

의미 없이 시간만 때워도 되는
수업은 없다

특기적성교육

학교의 정규 수업은 7교시까지이다. 정규수업이 끝나고 나면 '특기적성교육'이라고 하는 보충수업을 하게 된다. 초등학교와 중학교에서는 이 시간에 각자의 다양한 적성을 살릴 수 있는 과정들이 개설되어 있는 경우가 많다. 하지만 고등학교에서 진행하는 특기적성교육은 입시를 대비한 보충수업 형태로 진행하는 것이 대부분이다. 여건이나 환경상 자신이 좋아하는 무언가를 배우며 즐기기보다는, 수능과목 중심으로 1시간 보충수업을 하는 것이 일반적이다.

학교 교육이 어느 한쪽으로 치우쳐 편향되어 있으면, 소외되는 아이들이 생기게 마련이다. 그럼에도 불구하고 현재 학교 교육에서는 대학 진학이 가장 중요한 과제이기 때문에 모든 활동이 입시에 초점을 맞추고 있다고 해도 과언이 아니다. 심지어 대학생들조차 입학하자마자 취직을 하기 위한 스펙을 쌓는 데 여념이 없다는 말을 들으면 교육이란 과연 무엇이며, 이 아이들을 언제까지 이러한 경쟁의 전장으로 내몰아야 할지 암담하기만 하다.

특기적성교육은 명목상 아이들이 선택하지만 그것 또한 학교의 과목 편성 안에서 이뤄지기 때문에 대부분 교과목 중심이다. 특히 주요과목이라 할 수 있는 국영수에 아이들이 가장 많이 몰린다. 8교시에 하는 특기적성교육은 정규수업보다 수업을 진행하기가 더욱 힘들다. 아이들의 머릿속에 정규수업이 아니라는 인식이 들어 있는데다, 친한 친구끼리 자리에 앉아 있는 경우가 많기 때문이다. 그래서인지 수업을 준비하는 교사의 마음은 무겁기만 하다. 때문에 특기적성교육을 하기 전에 아이들에게 이렇게 말하지만 아무리 이야기해도 그 결과는 크게 달라지지 않는다.

"오늘부터 우리는 고전운문에 대해서 배울 겁니다. 특기적성 시간에는 고전 중에서도 시가문학 위주로 수업을 할 겁니다. 대부분 고전을 어려워하기 때문에, 30시간 동안 수능에서 가장 많이 접하는 제재들 위주로 수업을 진행할 겁니다. 여러분들이 자발적으로 신청해서 이 수업에 와 있는 것이니 앞으로 제발 집중해서 잘 들어주기 바랍니다. 지금이라도 이 수업이 자신과 맞지 않는다고 생각한다면 다른 수업을 듣기 바랍니다. 몇 명 때문에 수업에 방해가 되는 일이 없었으면 합니다. 그 동안 꽤 여러 번 특기적성교육을 해보았지만, 수업에 집중하지 않고 그냥 의미 없이 시간만 때우려고 한다면 이 수업은 할 필요가 없는 거겠지요. 그러니 앞으로의 우리가 목표했던 바를 이루기 위해 모두 함께 노력해 봅시다."

이렇게 이야기하면 첫 시간은 대부분 큰 목소리로 너나 할 것 없이 "네" 하며 대답을 쏟아내지만 시간이 지날수록 아이들은 해이해진다. 친한 친구들끼리 떠드느라 정신이 없고, 1교시부터 7교시까지 수업을 듣고 난 뒤라 여기저기 널브러져 있는 아이들의 모습도 보인다. 간혹 드물게 담임선생님의 허락을 받지 않고 도망가는 아이들도 있다. 정규수업에는 벌점이라든가 수행평가에 반영되는 태도점수 같은 것들로 아이들을 억지로라도 집중시키고 끌고갈 수 있지만, 특기적성교육은 너무 쉽게 생각해서 오히려 공부하는 아이들에게 미안한 마음이 들 때도 있다. 이럴 때는 아이들에게 당부 겸 잔소리를 할 수밖에 없다.

"뭐 하러 이곳에 와 있니. 공부하기 싫다거나 지금 수업이 자기에게 큰 의미가 없다면 다른 사람 방해하지 말고 집으로 가는 편이 더 낫겠다. 정해진 과목 안에서 선택할 수밖에 없다지만 너희들이 신청을 해서 하는 수업 아니니. 비록 강제성이 전혀 없다고 할 수는 없지만 지금 너희들이 보여주는 모습은 여간 실망스러운 게 아니다.

하나라도 더 얻어 가야겠다는 마음 없이 그냥 시간만 때우고 말겠다는 그런 심사를 선생님은 이해하기 어렵고 받아들일 수도 없다. 이렇게 수업을 들을 거면 여기 남아 있지 말고 더 의미 있는 일을 하는 편이 낫다고 생각해. 도살장에 끌려가는 돼지나 소처럼 억지로 여기에 와 있는 거 아니지 않니? 선생님도 혹시나 너희에게 도움이 되지 않을까 싶어 열심히 수업하고 있는데 그렇게 딴청만 핀다면 앞에서 수업하는 선생님의 마음이 어떨까?

요즘 대학에서 가장 중요하게 보는 것 중 하나가 뭔지 아니? 얼마나 열심히 노력해서 본인의 단점과 모자란 점을 극복했느냐 하는 거야. 예를 들어 수학이 부족하면 수학을 잘하기 위해 어떤 노력을 기울였고 나아졌느냐에 대한 부분을 보려고 하거든. 어느 누구도 모든 것을 다 잘할 수 없어. 어떤 부분에서든 흠잡을 데 없는 완전무결한 사람을 뽑으려는 게 아니야. 그것이 대학이든 회사든 말이야. 그렇다면 어떤 사람인지보다 그 조직이 요구하는 사람이 되기 위해 얼마나 열심히 노력하고 변화하려는 모습을 보여왔는지가 중요하겠지. 지금 너희들이 하는 수업은 그런 의미에서 충분히 가치가 있다고 생각해. 고전이 어렵고 모자라다는 생각에 이 수업을 듣게 되었다면 이번 수업을 통해서 나의 부족한 부분을 보충해야지. 이번 한 번에 안 되면 꾸준히 고전 수업을 듣거나 공부하면서 발전해가는 거지. 잘하는 것도 중요하지만 열심히 하는 것도 그에 못지 않게 중요하거든.

여기에 있는 선생님 역시 너희와 다르지 않아. 선생님도 컴퓨터를 잘하지 못해서 고생을 많이 했거든. 그래서 연수도 하고 어깨 너머로 배우고 모르면 잘하는 사람에게 물어보고 그러면서 조금씩 배워 가고 있단다. 지금은 잘하진 않아도 기본적인 것 이상은 하게 되었어. 그런데 내가 잘 못한다고 해서 누군가의 도움을 받기만 했거나 혹은 소홀히 했다면 난 여전히 컴맹으로 남아 있겠지.

늘 하나라도 배우려고 하는 자세가 필요한 거야. 지금 하는 수업뿐만 아니라 우리의 일상에서 뭐라도 하나 배우려는 자세 그것만큼 중요한 게 없단다. 세 명이서 길을 걷다 보면 그 중의 한 명에게 배울 점이 있다는 말은 거짓이 아니야. 살다 보니 누구에게든 배울 것이 있더라고. 그 사람이 누구이든 무엇을 하든 말이야. 배울 준비가 되어 있지 않은 사람에게는 아무것도 보이지 않지. 하지만 준비가 되어 있는 사람에게는 다 보이거든. 보려고 마음먹은 사람에게는 바닥에 기어 다니는 개미가 보이지만 그냥 지나가는 사람에게는 아무것도 보이지 않아. 그러니 너희들 역시 의미 없이 시간을 보내려 하지 말고 하나라도 얻어 가겠다는 자세를 가졌으면 좋겠어."

이렇게 말하고 나면, 한동안은 조금 나아지지만 시간이 지나면, 또 다시 안이했던 태도로 돌아가 버린다. 특기적성교육을 하는 동안 나의 잔소리는 몇 번이고 계속된다.

네가 뭘하든 학교공부는
언젠가 써먹을 데가 있어

학교와 학원의 차이

모든 아이들이 학교에 공부하러 다니는 것은 아니다. 단지 사회에서 졸업장을 필요로 하기 때문에 학교라는 곳을 거치는 아이들도 있다. 대부분의 사람들이 가장 중요하다고 생각하는 이곳이 그 아이들에게는 그저 거쳐가는 관문이거나 마지못해 버텨야 하는 곳으로 인식된다.

재중이는 아이들에게 인기가 많다. 유행에 민감할 뿐 아니라 늘 사교적인 성격으로 아이들을 즐겁게 만든다. 그래서인지 항상 주변에 사람들이 많다. 하지만 재중이가 가장 힘들어하는 시간은 다름 아닌 수업 시간이다. 공부를 잘하지 못할 뿐더러 관심이 없다 보니 수업 시간에 떠들거나 졸지 않아도 선생님들에게 잔소리를 듣는 경우가 많다.

분위기 메이커 노릇을 하는 명랑한 아이이지만 수업 시간에는 늘 멍한 상태로 앉아 있다. 처음에는 그렇지 않았는데 진도를 쉽게 따라가지 못하다 보니 시간이 지날수록 수업 시간에 아무것도 하지 않고 앉아만 있을 때가 많아졌다. 이런 재중이의 모습이 안타까워 점심시간 재중이와 산책을 하며 이런저런 이야기를 나눈다.

"학교 다니는 건 어때. 재미는 있니?"

"아시면서. 수업 시간만 있는 건 아니잖아요. 제가 수업 듣는 걸 싫어하긴 하지만 그래도 친구들하고 오랫동안 함께 지낼 수 있으니까 나쁘지 않아요. 사실 학기초보다 조금 힘들어지긴 했지만 그래도 괜찮아요. 여기 아니면 마땅히 갈 데도 없는 걸요 뭐."

재중이의 말이 맞긴 하다. 이 또래의 아이들이 갈 수 있는 곳이 학교 말고 또 어디 있겠는가. 학교가 아니면 청소년을 그 어느 곳에서 반겨주겠는가. 게다가 학교가 아닌 곳에 있는 청소년은 색안경을 끼고 좋지 않은 시선으로 바라보니 재중이가 가볍게 하는 한 마디도 어른인 선생님은 여러 가지 생각을 하며 듣게 된다.

"그래 요즘에도 학원은 열심히 다니고 있는 거지? 실력은 많이 늘었어?"

"처음에 배울 땐 학교 공부보다 훨씬 쉽고 재미있었는데 이것도 쉽지 않아요. 그래서 연습하는 시간도 늘리고 짬짬이 공부도 해요.

다른 애들처럼 교과서를 들여다보는 공부가 아니긴 하지만요. 그래도 제가 좋아서 하는 일이니 열심히 해야죠."

재중이는 얼마 전부터 부모님을 설득해 자신이 하고 싶었던 미용학원을 다니기 시작했다. 그냥 의미 없이 그렇게 고등학교 생활을 보내는 것이 보기 안타까워 이야기를 하다 보니 미용을 배우고 싶다며 자기의 꿈을 털어놓았다. 부모님과 상담을 하고 미용학원을 다니는 것도 나쁘지 않을 듯싶으니 학원을 보내자고 설득했다. 처음에는 완강히 반대하던 부모님도 내 이야기에 조금씩 귀를 기울여 주셨고, 재중이가 학원만 보내주면 앞으로 뭐든지 열심히 하겠다고 하자 지금보다 열심히 공부한다는 조건으로 허락해 주셨다.

"그래도 학원에 열심히 다닌다고 하니 다행이다. 얼른 배워서 선생님 머리해 주기로 약속했는데 도대체 얼마나 더 기다려야 하는 거니. 어디 너한테 무서워서 머리 맡기겠니. 머리 다 뜯는 거 아니야."

내 농담에 재중이가 자신 있게 대답한다.

"조금만 기다려 보세요. 제가 꼭 열심히 배워서 선생님을 지금보다 훨씬 더 멋쟁이로 만들어 드릴 테니까요. 지금 스타일은 좀 아니거든요."

신이 나서 이야기하는 녀석의 모습을 보니 꼭 공부를 하는 것만이 아이들을 행복하게 하는 것만은 아닌가 싶기도 하다.

우리 사회에서는 누구든 성공을 해야 하며, 성공을 위해서라면 조금은 나쁜 짓을 해도 용서받을 수 있고, 남을 밟고 일어서는 것도 용인하는 분위기가 만연해 있다. 어른들의 이런 생각은 자연스럽게 아이들에게 전해져 꿈을 꾸는 아이들조차 최선을 다하기보다 최고가되는 게 중요하다고 생각한다. 어른들은 성공하기 위해서 참고 견뎌야 한다, 지금 참는 자가 나중에 성공한다, 그때 인생을 즐겨도 늦지않는다고 이야기한다. 하지만 지나간 시간은 보상 받을 수 없다는것을 왜 모르는 것일까? 그 말을 하는 부모님들 역시 그 나이 또래에 가장 기억에 남는 것은 친구들과의 추억일 텐데. 그 추억이란 놈을 곱씹으며 하루하루를 견디고 사는 것이 우리들 아닌가. 그런데왜 아이들에게는 그런 소중한 추억을 만들어 주려 하지 않고 나중에해도 늦지 않으니 그저 앞만 보고 달려가라고 이야기하는 것일까?물론 아이들을 위해서 하는 말들이 어른들의 걱정과 인생이 담긴 충고라는 것 또한 모르는 바 아니지만 지나칠 만큼 가혹하게 아이들을몰아세우는 경우들이 종종 있다.

문득 재중이에게 학교는 어떤 곳일까 하는 궁금함이 생겼다.

"재중아 뜬금없는 이야기이지만 너에게 학교는 뭐니? 학교에 오면 무슨 생각을 해?"

"저랑 공부랑 친하지 않다는 건 선생님도 아시잖아요. 가끔은 저도 제가 학교를 왜 다니고 있는지 잘 모르겠어요. 다른 아이들이 모두 학교에 가니까 그냥 다니는 거죠. 친구들은 공부라도 하지만 전

공부에 소질이 없다 보니 그저 틈틈이 아이들과 놀고 뭐 그러면서 학교 다니는 거죠."

"그럼 졸업하고 나면 재중이에게 학교에서 한 건 아무것도 없겠구나. 원래 학교에서는 무언가를 배우며 익히고 인간이 되는 곳인데 재중이에게는 학교는 그저 그런 곳이네. 재중이가 배워야 할 것들은 학원에 다 있으니 말이야."

재중이도 그런 자신이 답답했는지 장난스러운 모습을 지우고 먼 곳을 바라본다. 그런 재중이에게 무슨 말이라도 해주고 싶어 주저리주저리 떠들어 본다.

"재중아, 선생님은 말이다. 우리 반 아이들 모두를 좋아해. 하지만 그 중에서 재중이에게 눈이 많이 간단다. 너도 알지? 선생님이 너 좋아하는 거. 다른 아이들은 선생님이 아니어도 관심을 가져주는 사람들이 참 많잖아. 공부 잘하는 아이들은 특히 더 그럴 테고. 미안한 이야기지만 넌 그렇지 않잖아. 그래서 선생님은 재중이를 더 챙겨주어야겠다고 생각했어. 선생님도 모범생은 아니었거든. 그래서 그런지 네가 더 끌려. 그래서 선생님이 너에게 장난도 많이 치잖니 안 그래?" 하며 어깨를 한번 툭 치고 이야기를 이끌어간다.

"선생님이 잘 아는 분 중에 미용사를 하는 분이 있어. 아주 유명한 헤어디자이너라고 하더라고. 외국에 유학까지 갔다 오고 지금은 서울 중심가에서 자기 이름을 걸고 머리를 한다고 하네. 친한 건 아니지만 뭐 한 다리 건너 알게 된 사이지.

우연히 그 분과 이야기를 나눌 기회가 있었어. 그런데 그런 이야기를 하시더라고. 일찍부터 미용사 일을 하기 시작했는데 미용사 자격증을 따자마자 처음으로 한 일이 청소였대. 그 분야도 도제처럼 처음부터 머리를 하는 게 아니라 밑바닥에서부터 하나하나 거쳐 올라간다고 하더라고. 어찌 됐든 최고가 되기 위해 묵묵히 일을 배웠고 가위를 손에 드는 데까지 한참 걸렸는데 그렇게 일을 하면서 어느 순간 한계가 오더래. 실력이 더 이상 늘지 않고 늘 그대로인 자기 모습에 이게 아니다 싶어 하던 일을 그만두고 프랑스로 공부를 하러 갔대. 당연히 헤어디자인을 배우러 간 거지.

그런데 그곳에서 충격을 받았다더라. 헤어디자인을 배우러 간 건데 일 년 내내 그림만 그렸다는 거야. 그것도 사람의 골격만. 여기에서처럼 가위 들고 배우는 게 아니라 인체 골격을 그리거나 색채에 대한 공부를 하거나 어떨 때는 자기가 뭘 배우고 있는지도 모르겠더래.

공부를 한 지 어느덧 일 년이 지나고 드디어 가위를 잡았는데 이전과는 사뭇 달라진 느낌이었대. 인체 골격을 배우고 색을 배우고 미학이란 걸 배우다 보니 자연스럽게 어떤 모습이 이 사람에게 가장 잘 어울리겠구나 하는 생각이 들더래. 이전에는 사람의 머리만 봤는데 어느 순간부터 머리가 아닌 얼굴이 몸이 보이기 시작하더라는 거지. 그래서 몇 년 동안 그곳에서 제대로 공부하고 돌아와서 이제 그 분야의 전문가가 되었다고 이야기하더라고. 나이도 많은데 일이 너무 좋아서 아직 결혼도 하지 않은 채 말이야.

나도 재중이가 꼭 훌륭한 헤어디자이너가 되었으면 해. 그러기 위해서 학원을 열심히 다니는 것도 중요하지만 학교에서 수업 시간에 이런저런 공부도 같이 하면 좋을 거 같아. 대학에 가기 위한 공부가 아니라 헤어디자이너가 되기 위한 공부로 수업을 듣는 거라면 들을 만하지 않을까? 나중에 해외로 진출하려면 영어가 필요하니 영어 단어도 외워야 하고, 손님과 이런저런 이야기를 하려면 그래도 기본적인 상식이 필요할 테니 신문이나 교양도서 같은 것도 읽어봐야 하지 않을까?

선생님도 국어 선생님이지만 지금 와서 후회되는 것 중의 하나가 영어공부와 수학공부를 소홀히 했던 거야. 써먹을 곳이 없을 줄 알았거든. 그런데 전혀 쓸모없을 것 같은 것들이 나중에 쓸 데가 있더라고. 앞으로는 선생님을 좀 믿고 수업 시간에도 부모님과 약속했던 것처럼 조금이라도 집중해서 공부해 보는 건 어때. 일단 힘들면 영어 공부라도 말이야. 영어는 너무 어려운가. 그럼 선생님 과목부터 시작해보는 건 어때? 선생님이 제대로 괴롭혀줄 수 있는데 말야."

내 말 덕분인지 몰라도 그날 이후로 재중이는 조금씩 수업에 집중하는 모습을 보였다. 물론 아주 잠깐이긴 하지만. 당장 고치기 쉽지 않더라도 그렇게 조금씩 변화하는 모습을 보여주는 것이 중요하다.

그러다 보면 어느 순간 제자리를 찾아 걸어가고 있을 재중이를 볼
수 있을 테니 말이다.

넘어졌다고
그 자리에 주저앉을 순 없지

시험 끝난 날

시험이 끝나고 난 후 복도를 지나거나 수업에 들어가면 아이들의 원성이 자자하다. 시험이 너무 어려웠다는 말부터 시작해 너무하다는 말 그리고 선생님을 다시 보지 않겠다는 애교 섞인 협박까지 이어진다. 대학을 진학하는 데 내신성적도 중요하다 보니, 시험을 준비하는 과정이나 그 결과에 예민해질 수밖에 없다.

이번 시간 역시 수업에 들어가자마자 기다렸다는 듯 아이들의 원성이 쏟아진다. 이렇게 흥분해 있는 아이들에게 시험 문제를 설명하거나 수업을 진행하기란 쉽지 않다. 아이들을 진정시킨 후에 어렵사리 말을 이어나간다.

"너희들 말대로 시험이 어려웠을 수도 있어. 하지만 잘 생각해봐

라. 결과보다 중요한 것은 과거가 아니라 현재이고 미래가 아닐까? 이미 결과가 나온 시험을 가지고 이러니저러니 아무리 이야기하면 뭐하니. 그 결과가 달라지진 않을 텐데. 시험이 끝나는 순간 그 시험을 통해 나는 지금 무엇을 해야 할지 고민하는 게 더 낫지 않을까? 선생님도 너희들 마음 잘 알아. 나도 그랬으니까. 하지만 조금만 더 생각해보자.

우리는 살아가면서 늘 어떤 일에 대한 결과를 받아들이게 된단다. 때론 그것이 나에게 플러스가 되는 경우도 있고 마이너스가 되는 경우도 있어. 하지만 그 플러스와 마이너스가 늘 같진 않을 거야. 좋지 않은 결과를 받았다고 하자. 그걸 계기로 더 열심히 노력할 수 있을 거라고 생각하면 실망스런 마음이 좀 가시지 않겠니? 나중에 더 중요한 순간 좋지 않은 결과를 받은 것보다 훨씬 낫지 않을까? 아주 지독한 예방주사 맞았다고 생각해보는 건 어때? 실패는 성공의 어머니이자 보약이라고 하잖아. 그 말처럼 우리는 앞으로 무수히 많은 실패를 경험하게 될 거야. 그 자리에 주저앉는다고 해결되지 않겠지.

그럼 어떻게 해야 할까? 툭툭 털고 일어나야 해. 달리기를 하다가 넘어질 수 있어. 그 자리에 주저앉아 있어봐야 그 결과가 달라지지 않잖아. 그럼 얼른 털고 일어서서 달려야지. 100미터 달리기라면 따라잡을 수 없겠지만, 마라톤이라면 아니 그보다 더 뛰어야 하는 게 인생이라면 한번 넘어진다고 해서 끝나는 게 아니잖아. 그러니 지금의 시험결과가 독이 아니라고 약이라고 생각해 주었으면 좋겠다."

하지만 아이들은 우선 눈앞에 보이는 것이 가장 중요하다. 나중 일은 그때 가서 생각해볼 문제이지 지금 당장 나에게 아무런 영향도 주지 않는다고 생각하는 경우들이 더 많다. 그래서 하는 수 없이 몇 마디를 더 이어나간다.

"너희들 학교에 와서 힘들게 공부하지? 무엇 때문에 아침 일찍 나와 깜깜한 밤까지 이렇게 힘들게 생활할까? 내일 편하기 위해서? 아니면 대학에 가기 위해서? 그래, 우리가 하는 공부는 대학에 가기 위한 것임에 틀림없어. 하지만 꼭 대학 가려고 공부하는 것만은 아니지 않니? 지금 우리는 출발선에 서 있거나 겨우 몇 발자국 앞으로 나아갔을 뿐이야. 앞으로 우리 앞에 무수히 많은 변화들이 놓일 텐데 왜 이렇게 순간을 이겨내지 못할까? 그건 두려움 때문이야. 아직 경험하지 못한 것들에 대한 두려움이라고 해야 할까. 그런데 두려움이란 건 아직 해보지 않았다는 것일 뿐이라고 생각해. 한번 경험해보고 부딪혀 보면 별것 아니거든.

자! 그렇다면 두려움을 없애는 가장 좋은 방법은 뭘까? 그래 미리 경험해보는 거야. 한두 번 해보면 그 두려움은 조금씩 사라지게 되어 있거든. 사람마다 그 정도의 차이는 있을 테지만, 조금씩 부딪히다 보면 어느 순간 익숙해지고 어느새 두려움은 사라지게 되지.

아기가 걸음마를 배울 때도 마찬가지야. 처음에는 땅에서 발을 떼는 것이 두렵고 무섭겠지. 그런데 한 발 한 발 땅에서 발을 들고 앞으로 조금씩 나아가다 보면 어느 순간 걷고 있는 스스로를 보게 되겠지. 그 시간이 지나면 아이는 혼자서도 걷게 되고 조금 더 지나면 뛰게 되겠지. 우리도 마찬가지야. 이제 우리는 겨우 발 하나를 내디뎠을 뿐이다. 그러니 너무 겁먹지 마. 조금 지나면 괜찮을 거야."

다행히 나의 이런 말에 아이들의 반응이 조금 누그러지긴 했지만, 여전히 시험을 못 본 것이 아쉬운 건지 억울한 건지 입이 잔뜩 나와 있다. 그런 반응들이 어쩌면 이 아이들을 더 성장하게 만드는 것인지도 모른다. 다만 내 입장에서 바라고 기대하는 것은 그런 아쉬움이 자신의 노력에 대한 안타까움이었으면 하는 것이다. 노력하지 않고 그 이상의 보상을 바라는 것은 남의 물건을 훔치는 것과 다르지 않다. 자신이 노력한 만큼 결과를 얻을 때 그 노력의 의미를 알게 되는 것이다. 다음에 더 좋은 결과를 얻고자 한다면 당연히 그 이상의 노력을 해야 한다. 그런 노력들이 열정과 합쳐진다면 이 아이들은 언제 어느 곳에서나 의미 있는 존재가 될 것이다. 아침 일찍부터 저녁까지 그 고단한 하루를 어떤 자세와 마음을 가지고 사느냐에 따라 이 세상을 빛나게 해줄 수도 있다는 것을 스스로의 마음속에 새기는 오늘이었으면 싶다.

땀 흘리지 않은 사람에겐
우승의 환호가 돌아가지 않는다

점심시간 이후 수업

살면서 좋은 일만 계속되면 좋으련만 누구나 어려움을 겪는다. 어느 누구도 그 어려움을 피해갈 수 없다. 문제는 이러한 어려움에 빠져 있을 때, 얼마나 빨리 극복하고 헤쳐 나갈 수 있느냐다. 꼭 어려운 문제뿐 아니라 생활 자체가 느슨해질 때가 있다. 이렇게 한번 느슨해진 줄은 아무리 당기고 조여도 쉽게 팽팽해지지 않는다. 도를 넘은 팽팽함은 '툭' 하고 건드리면 끊어지는 것처럼 느슨해진 줄 역시 아무리 잡아당겨도 여간해서는 복구가 되지 않는다. 팽팽함과 느슨함은 다르지만 결국 같은 모습의 다른 이름인지도 모른다.

더위 탓인지 아니면 시험의 후유증인지 아니면 원래 그 상태인 건지 아이들이 한껏 늘어져 있다. 혼을 내고 소리를 질러 봐도 반응이 오지 않는다. 한두 명이 아니라 반 전체가 심하게 말하면 학교 전체가 축 늘어져 손으로 한번 꾹 눌러도 다시 올라오는데 한참이나 걸릴 것 같은 느낌이다.

분위기가 그렇다 보니 수업 시간 특히 점심시간 이후의 수업은 시덥지 않은 잡담을 하거나 눈만 뜨고 있을 뿐 어떠한 의욕도 찾아보기 힘들다. 그런 날이면 앞에서 수업을 하는 교사 역시 흥이 나지 않는다. 공연을 하는 사람들이 가장 흥이 날 때는 객석의 호응이 좋을 때라고 한다. 마찬가지로 학생의 반응이나 호응도가 높으면 흥이 나지만 그 반대의 경우는 맥이 빠져 열의가 생기지 않는다. 몇 번이나 아이들을 채근해도 달라지지 않으면 그저 정해진 수업 진도만 맥없이 나갈 뿐이다. 나와 너가 아니라 그저 수업하는 사람과 듣는 척하는 학생들만 교실에 가득할 뿐이다.

이건 아니다 싶어 아이들에게 한 마디 한다.

"얘들아. 날이 너무 덥고 점심시간 이후라 그런 줄은 알지만 이런 식의 수업태도는 곤란해. 교실이 아닌 다른 곳에 와 있는 기분이야. 이런 비유가 맞을지 모르겠지만 한번 생각해 보렴.

집에서 어머님이 음식을 정성껏 마련해 놓았어. 너희들을 위해 그리고 열심히 일하고 온 아버지를 위해. 그런데 정작 너희들도 아버지도 음식에 손을 대지 않거나 먹는 둥 마는 둥 그래. 그러면 그 음식을 준비해놓은 어머니의 기분이 어떻겠니. 당연히 좋지 않겠지. 음식을 힘들여 만든 보람이 없을 거야. 선생님 역시 그런 어머니의 마음과 다르지 않아. 수업 시간 너희들에게 좋은 맛을 전하고 싶어서 이런저런 음식을 준비했는데 받아주는 사람이 반응이 없어. 그렇게 되면 아마 시간이 지날수록 음식을 내놓기가 두려워지지 않을까?"

내 말뜻을 알아들었는지 몇몇 아이들이 자세를 고쳐 앉기 시작하고 나를 쳐다보는 아이들의 눈빛이 그제야 보인다. 그 눈빛을 보며 다시 한 번 아이들에게 물어본다.

"그런 상황에서 어머님은 어떻겠니. 매 끼니마다 음식을 정성스럽게 준비하고 싶은 마음이 생길까? 아니면 그저 식사 한 끼 때우고 말게 될까? 한 사람의 행동이 다른 사람의 정성과 마음을 어긋나게 할 수 있다는 걸 알아줬으면 좋겠어. 식사를 준비하는 어머님의 마음에 비교할 순 없겠지만 선생님 역시 그와 비슷한 마음으로 늘 수업 시간을 준비해. 그래서 지치고 힘들어도 수업 시간만큼은 즐겁고 신나게 하려고 하거든. 선생님은 가르칠 때 가장 행복해. 집에 계신 어머님이 맛있게 음식을 먹어주길 바라는 것처럼 말이야."

지금 하는 이야기를 아이들은 그저 수업태도가 좋지 않은 자신들의 태도에 대한 꾸중이나 푸념 정도로 들을 것이다. 그래서 이왕 말을 꺼낸 김에 몇 마디 더 늘어놓는다.

"운동선수들이 운동을 하면서 가장 짜릿한 순간은 언제일까? 그래 맞아. 바로 우승을 하거나 메달을 목에 걸었을 때 그 순간 이루 표현할 수 없을 정도로 감동적이겠지. 생각만 해도 멋지지 않니? 수많은 사람들이 자신에게 환호를 보내고 정상에 올랐다는 기쁨을 만끽하는 순간은 지켜보는 사람도 응원하는 사람에게도 아주 진한 감동을 주지.

그 순간 우승한 선수는 무슨 생각을 할까? 끝났다는 기쁨? 아니면 그저 최고가 되었다는 생각? 어쩌면 그 순간 선수들은 우승을 하기 위해 땀 흘렸던 지난날을 되새길지도 몰라. 몇 번이나 포기하고 싶었고, 도망가고 싶었던 그 순간을 말이야. 숨이 턱까지 차오르고 자신의 한계를 극복하기 위해 뛰고 또 뛰었던 기억들 말이야. 오로지 이 환희의 순간만을 생각하며 포기하고 싶을 만큼 힘들었던 순간을 참아낸 거지. 온갖 유혹을 이겨내고 말이야.

우승의 순간 모든 사람들이 환호와 기쁨에 가득 차 있어. 그런데 선수의 머릿속에는 환호보다 수없이 울어야만 했던 지난날이 생각나는 건 참으로 아이러니한 일이야. 사람들은 그 환희만 기억하고 그 환희를 이루기 위한 노력과 땀과 열정은 알지 못해. 오로지 그 선수에게만 보이는 거지. 우습지. 지금 이야기한 것 말고도 그 순간 우리의 눈에 보이지 않는 것이 또 하나 있단다. 그건 바로 경기에 지고 쓸쓸한 뒷모습을 보이며 퇴장하는 사람들의 모습이야. 그 뒷모습은 누구도 기억하지 않아.

그렇다면 우리는 늘 우승을 해야만 하는 걸까? 경기에 참가한 사람은 수없이 많을 텐데 오로지 일등만 기억해야 할까? 그건 너무 잔인하지. 그런 의미에서 우리가 기억해야 하는 것은 꼭 일등만이 아니야. 우승의 환호 뒤에 있는 그들의 땀을 기억하고, 그들의 노력을 기억해야 해. 타고난 재능이 없어 더 많은 노력을 기울였음에도 불구하고 아무도 기억하지 못하는 그의 삶을 실패했다고 할 수 있을까? 비록 일등이 되지 못하더라도 우리가 소중하게 생각해야 할 것은 바로 그들의 열정 아닐까? 너희들의 눈에서 일등에 대한 환상을 지워야 한다는 것은 일등이 한 사람에게만 돌아가는 것이기 때문이 아니라, 가장 소중하게 생각해야 할 것들에 대해 너무 모르고 있기 때문이야.

지금 너희들의 나태한 모습 때문에 선생님이 속상한 것은 너희들의 미래가 아니라, 그 땀이 있어야 할 자리에 환호만이 보이기 때문이야. 땀도 노력도 없이 우리 앞에 무언가가 놓이기를 바라는 너희들의 안이한 태도가 선생님은 못내 속상하다.

최선을 다하는 모습이 아름답다는 건 너희들도 잘 알고 있을 거야. 그 최선을 다하는 모습을 보여준다면 얼마나 아름다울까? 너희들 모두가 아름다운 제자이기를 바라는 것은 나뿐 아니라 너희들을 가르치는 모든 선생님의 마음이자 부모님의 마음일 거야."

마음을 열면
공부가 쉬워진다

공부 방법

아이들과 부모님의 가장 큰 관심사는 성적이다. 특히나 공부를 열심히 하는데도 성적이 오르지 않거나 슬럼프에 라도 빠지면 어찌할 바를 모른다. 그럴 때마다 아이들은 친한 선생님이나 해당 과목 선생님을 찾아와 하소연하듯 어떻게 공부해야 하는지 묻는다. 농담처럼 "열심히 하면 되지"라고 말하지만 아이들은 절박하다. 공부에는 왕도가 없다지만 이럴 땐 무슨 이야기라도 해주어야 할까?

"어떻게 공부하는 게 가장 좋을까? 무조건 열심히만 하면 될까? 그런데 너희들도 해봐서 알겠지만 열심히 한다고 해서 해결되지 않지. 선생님이 생각하기에 공부는 어렵게 해야 해. 어렵게 한다는 말이 선뜻 이해가 잘 안 되지?

이렇게 예를 들어보자. 우리가 사람을 만나면 그 사람에 대해 알아야겠지. 그 사람에 대해 안다는 건 무엇을 의미할까? 그 사람의 모든 걸 알아간다는 것일 거야. 그렇다면 그 사람의 모든 걸 알기 위해서는 어떻게 해야 하는 걸까? 우선 마음을 열어야겠지. 그 사람을 받아들이기 위해 마음을 열고 받아들이려는 자세가 필요할 거야. 한없이 열린 마음으로. 그렇게 그 사람에 대해 받아들인다고 해서 끝나지 않아. 그 다음엔 그 사람과 오래도록 함께해야 할 거야. 하루 이틀 한 달이 아닌 몇 년을 말이야. 그 사람의 아주 작은 것도 놓치지 않으면서 받아들여야 하겠지. 그러면서 차츰 알게 되는 거지.

그러다 보면 그 사람이 말하지 않아도 무엇을 말하려는지 알게 되고, 이런 상황이면 이 사람은 뭘 생각할지 자연스럽게 알게 될 거야. 나의 기준에서가 아니라 철저하게 그 사람의 입장이 되어 받아들이려고 할 테니까. 그래서 오래된 부부나 연인들 같은 경우 둘이지만 하나같은 경우가 있지. 스스로도 깜짝 놀랄 만큼 상대에 대해 너무 잘 알고 있는 거지. 신기하도록 말이야.

사람은 다르면서도 같아. 사람마다 각자 개성이 있긴 하지만 그런 반면에 비슷한 성질도 있거든. 그래서 희로애락의 감정은 크게 다르지 않아. 한 사람을 잘 알게 되면 그 사람이 아닌 다른 사람도 이럴 때 이런 감정을 가지겠구나 하고 자연스럽게 받아들이게 될 거야.

공부도 이와 다르지 않아. 우리가 어떤 공부를 하든 억지로 마지 못해 한다면 잘할 수 있을까? 방금 전에 선생님이 이야기했지. 사람을 만날 때 마음을 열어야 한다고. 공부를 할 때도 마음을 열어야 해. 마음을 열지 않으면 공부를 할 때도 쉽게 받아들이지 못하겠지.

그럼 그 다음에는 어떻게 해야 할까? 그렇지. 그 다음에는 오래도록 함께하는 거야. 그러면서 알아가는 거지. 한번에 그 사람의 모든 걸 알 수 없듯이 오래도록 옆에 두고 바라보고 쓰다듬고 쳐다봐야 하는 거겠지. 그렇게 하나에 익숙해지면 다른 하나 역시 여전히 어렵긴 하겠지만 그전보다는 좀 더 쉽게 다가갈 수 있을지 몰라.

평생을 산 사람도 사람과의 관계는 어려워. 마찬가지로 평생을 공부만 한 사람도 가장 어려운 게 공부라잖아. 그런데 우린 겨우 이제 맛만 봤는데 마치 답을 구한 사람처럼 더 이상 노력하지 않는다는 건 말이 안 되겠지. 그렇지 않니?

선생님도 공부를 많이 한 사람은 아니지만 공부하면서 느낀 게 있어. 예전에 알았더라면 조금은 달라졌을까? 아니 지금은 나이도 들고 공부도 많이는 아니지만 꾸준히 하면서 자연스럽게 느낀 게 있어. 사는 것과 공부하는 건 크게 다르지 않다는 거야. 우리가 해야 하는 공부는 결국 사람이 살아가면서 쌓아 놓은 축적물이거든. 그렇기 때문에 그저 교과서나 책의 활자에만 머무르지 않는 거야.

예를 하나 들어줄까? 국어에 '동화현상'이라는 게 있지. 자음과 자음 혹은 모음과 모음이 만나면 비슷하게 바뀌는 거야. 사람도 마찬가지야. 서로 만나면 닮아가. 누군가가 누군가를 닮아가기보다는 서로가 서로에게 다가가는 거야. 사회가 변하듯 우리의 교과서도 시대에 따라 끊임없이 변하고, 사람 사는 게 어려운 것처럼 공부도 참 어려워. 그런데 어려운 일만 있는 게 아니잖니. 행복하고 즐거운 일도 있지. 공부에도 행복하고 즐거운 일이 있어. 그걸 아직 경험하지 못했다면 지금부터라도 공부하면서 행복과 즐거움을 느끼려고 해봐. 어때? 선생님 말을 못 믿겠니?"

아이들은 여전히 멍하다. 하긴 어쩌면 이해하지 못하는 게 당연할지 모른다. 지금 그것을 이해한다면 아이들은 자신의 존재를 스스로 부정하는 게 될지도 모르니. 이 아이들도 자라면서 살면서 배우고 익히게 될 것이다. 천천히 그리고 시나브로.

"이렇게 딴 얘기한 김에 하나 더 해볼까? 아주 오래전이라고 해야 하나. 따지고 보면 그리 오래전도 아니지. 태엽을 감는 시계가 있었어. 요즘에는 대부분 건전지를 사용하지만 태엽을 감는 시계는 하루에 한두 번은 꼭 태엽을 감아야 해. 태엽을 감지 않으면 서버리거든. 매일매일 아침이나 저녁에 'ㅜ'자 모양으로 생긴 기구를 가지고 오른쪽으로 한참을 돌리면 멈춰 있던 시계가 생기를 되찾지. 참 생각해 보니 손목시계에도 태엽이 있었다. 시계에 태엽을 감는 걸 '밥을 준다'고 표현하기도 했어. 손목시계에 보면 시간을 맞추기 위해 튀어나온 돌기 있지? 그게 예전에는 시간을 맞추는 것뿐만 아니라 태엽을 감는 역할도 했었단다. 신기하지? 지금 시계는 참 편리해졌지. 오랫동안 신경쓰지 않아도 되니까. 한 번 전지를 갈아주면 일 년이고 이 년이고 가는 경우도 많잖아.

　왜 이 이야기를 꺼냈을까? 생활이 편리해진 만큼 놓치는 것도 많다는 생각이 들어. 너희들도 요즘 시계처럼 그렇게 편하게 살고 있는 게 아닐까? 시계에 생기를 불어 넣는 태엽처럼 너희들도 삶에 생기를 불어넣었으면 해. 하루에 한두 번쯤 힘을 내서 다시 달릴 수 있도록 말야. 너희들이 생기 있게 달리는 모습을 보면 선생님은 정말 행복할 거 같거든. 물론 너희들의 부모님도 그러실 거야. 자, 그럼 태엽 감고 다시 공부 시작해 볼까?"

무조건 늦게까지
공부하는 게 능사는 아냐

수업 시간에 자는 아이에게

봄 햇볕이 따사롭게 학교 교정을 비추는 날. 그 햇볕의 무
게감이라도 느낀 것일까. 여기저기 꽃들도 풀들도 나른함
으로 가득 차 있는 듯 보인다. 시간이 지나 가을바람이라도 불 때면
피부에 스며드는 기운을 이기지 못해 잘 익은 벼처럼 고개 숙인 아
이들이 눈에 띈다.

아침저녁 자기주도학습 때는 물론이거니와 수업 시간에 졸거나
심지어 엎드려 자는 아이들이 늘어만 가고 있다. 특히 점심을 먹고
난 오후시간이거나 주말에 가까워지면 더욱 그렇다. 체육이 끝나고
나면 온몸의 기라도 다 퍼부은 듯 노곤한 표정으로 있다가 스르르
무너진다.

학기초에는 새로운 마음가짐 그리고 약간의 긴장감 때문에 반짝였던 눈망울들이 시간이 지날수록 무뎌져 간다. 원래 서슬 퍼런 칼도 시간이 지나면 녹스는 것처럼 아이들의 눈이 저절로 감기는 것은 동서고금을 막론하고 어찌 다르겠는가. 세상에서 제일 무거운 것이 눈꺼풀이라고 하는 말처럼 그 무게감에 지쳐 책상과 애처로운 사랑을 나누고 있는 아이들을 보면 혼내야 한다는 생각보다 먼저 가슴이 아프고 서글퍼진다. 가장 보기 좋은 교실의 풍경은 하나라도 더 배워보겠다고 초롱초롱한 눈망울로 나를 쳐다보는 것이지만 실제로 이런 일은 드라마에나 나올 법한 일이 아닌가 싶을 정도이다.

이렇게 잠을 자는 아이들은 크게 두 부류로 나눌 수 있다. 늘 언제나 잠에 취해 있는 경우가 첫 번째이다. 이 아이들의 일과는 등교해서 하교하기까지 대부분의 시간 잠들어 있다. 수업 시간에 수없이 깨우기를 반복하고 그것도 모자라 교실 뒤에 세워보기도 하고 교탁 옆으로 책상을 옮겨 놓는 등 갖은 방법을 동원해도 크게 달라지지 않는다. 혹시 내가 너무 편해서 그런가 싶어 담임선생님이나 다른 과목 선생님에게 물어봐도 돌아오는 대답은 항상 같다. 늘 언제나 잠에 취해 있어 얼굴 보기도 힘들다는 것이다.

이런 아이들은 대부분 늦은 시간까지 게임을 하거나 다른 무언가에 깊이 빠져 수면 시간이 적어 수업 시간에 잠을 보충할 수밖에 없는 것이다. 부모님과 상담을 해보기도 하고 아이에게 게임시간을 줄

이고 일찍 자라고 이야기해도 듣기만 할 뿐 실천에 옮기지 않는다. 흔히 이야기하는 게임중독이라 할 수 있다. 이 정도가 되면 그 중독성을 스스로 이기지 못하는 경우가 대부분이다. 이런 경우 전문적인 상담이나 치료를 병행하면 좋으련만 학교에서 행동을 교정하기란 현실적으로 너무 어렵다. 그래서 이런 아이들은 대부분 불행히도 방치되는 경우가 많다.

또 한 부류는 정말 피곤해서 잠을 이기지 못하는 경우이다. 평소에 수업을 열심히 듣는 아이인데 피곤에 쌓여 자기도 모르게 졸음에 빠질 때가 있다. 그렇게 고개를 떨군 채 졸고 있는 아이들을 보면 당연히 깨워야 하는데 너무 안타까울 때가 있다. 그래도 수업을 들어야 할 것 같아 지나면서 팔을 지그시 잡아주거나 목을 주물러 주면 소스라치게 놀라 정신을 차리려고 애쓴다. 그 모습이 대견스럽기도 하지만 오히려 안쓰럽다.

아침 6시가 되기 전에 일어나 학교에 도착해 정규수업, 특기적성교육, 자기주도학습까지 그것도 모자라 학원을 돌다 집으로 돌아가면 이미 12시가 지난 경우가 대부분이다. 이렇게 생활하는 아이들의 수면 시간은 기껏해야 하루 5시간 정도일 것이다. 그것도 매일 그렇게 3년을 보내야만 하는 성장기의 아이들에게 수면 시간은 너무 부족하기만 하다. '4당 5락'이라는 웃지 못할 이야기가 지금도 여전히 귀에 들리는 것을 보면 서글픈 일이 아닐 수 없다.

수업을 하면서 미안한 마음에 잠시 놔두기도 하지만 그럴 때면 너무 많은 아이들이 수업에 집중하지 못하고 조는 경우가 있다. 어쩔 수 없이 박수를 치거나, 목청을 높여 깨운다. 그러면 대부분의 아이들이 다시 정신을 차리고 수업을 들으려 하지만 한번 쏟아진 잠이 쉽게 가실 리가 있겠는가. 그나마 고3의 경우에는 자율적으로 뒤로 나가 서서 잠을 쫓기도 하고, 화장실에 가서 찬물로 세수도 해보지만 쏟아지는 잠을 무엇으로 막을 수 있겠는가. 고전에 나오는 '탄로가'(늙음을 한탄하는 노래)에서 나이가 들어 생기는 백발을 호미나 가래로 막을 수 없다고 하는 것처럼 잠을 그 무엇으로 쫓아 버릴 수 있겠는가.

수업 시간에 아이들이 심하다 싶을 정도로 자면 "일어나자"거나 "그만 자자", "니들이 잠잘 때냐" 같은 말을 하지만 이 말을 하는 내 자신이 너무 싫다. 교사가 수업 시간에 수업 내용 외에 가장 많이 하는 말이 잠깨라는 것이라니 너무 서글픈 일이 아닐 수 없다. 길지 않은 교사생활 동안 많은 방법을 시도해 봤지만, 사람의 힘만으로 해결되는 게 아닌 것 같다. 그것이 어쩌면 우리가 일컫는 순리인지도 모른다.

교사들도 가끔 수업을 들을 때가 있다. 스스로를 계발하거나 수업 혁신, 창의 인성 교육 연수, 1급 정교사 연수 등 그런 수업을 들을 때마다 입을 모아 하는 이야기들이 수업만 하다가 오랜만에 강의를 들으니 아이들의 마음이 이해가 간다는 말이다. 나 역시 수업을 들으면 쏟아지는 잠에 허벅지를 꼬집고 별의별 방법을 쓰다가 나도 모르게 정신을 놓아버리는 경우가 있으니 아이들은 오죽할까 싶다.

나는 잠든 아이들을 깨우기 위해 박수를 친다. 크게 박수를 쳐서 아이들이 잠에서 깨도록 박수를 치다 보니 이젠 아이들 모두 나와 함께 박수를 쳐준다. 이게 '일어나라'는 신호가 되는 셈이다. 나만의 타협이랄까. 그렇게 아이들을 깨워 집중시키면 기지개라도 다 같이 켜고 수업에 들어간다. 가끔은 고감선생님이나 교장선생님이 수업 시간에 너무 잔다며 걱정 어린 말을 하는 경우가 많다.

잠을 자는 그 잠깐 동안 아이들은 무슨 꿈을 꾸었을까? 수업 시간에 자는 아이들을 꿈꾸는 아이들이라 부를 수 없을까? 더 이상 몸이 피곤해서 자는 아이들이 생기지 않도록 환경을 만들어주는 게 더 중요하지 않을까?

그래서 아이들에게 항상 이렇게 말한다. 공부하는 시간도 중요하지만 시간을 효율적으로 잘 사용하는 것도 필요하다. 무조건 늦게까지 공부하는 것이 능사가 아니다. 깨어 있는 시간을 효율적으로 사용하고 제때에 자는 것도 공부를 잘하는 방법임을 잊지 말라고. 모든 시간에 똑같은 힘을 가지고 집중할 수 없다면 스스로 시간을 효율적으로 잘 배분해서 사용하는 것 역시 너희들에게 중요하니 너무 늦게 자지 말고 일찍 자라며 잔소리를 한다.

얘들아! 선생님이 하는 말이 지금은 귀에 안 들리겠지만 너희들을 걱정해서 하는 말이라는 걸 크면 알게 될 거야. 그러니 지금 선생님이 하는 잔소리를 명심해야 한단다.

공부하는 기계가 아니라
꿈꾸는 인간이 되길

공부의 목적

하루에 고등학생이 공부하는 시간은 얼마나 될까? 우리 학교 학생의 경우만 하더라도 12시간은 넘지 않을까 싶다. 물론 그 시간을 모두 공부에 할애하는 것은 아닐지라도 학교에 있는 시간과 놀면서도 공부에 신경쓰는 것까지 계산한다면 단순히 시간의 총량으로 측정할 수만은 없다.

아침에 7시까지 등교해 저녁 10시까지 학교에 있거나, 학교에 남아 있지 않아도 대부분의 학생들은 학원이나 도서실을 찾아갈 것이다. 학생들이 받는 공부에 대한 부담은 우리가 생각하는 것 이상이다. 숨을 쉬는 것처럼 아이들은 무의식적으로 펜을 잡고 책을 펴들고 자리에 앉는다. 공부에 집중하는 아이나 그렇지 않은 아이나 모두들 공부하는 자세로 자리에 앉아 있는 모습을 보노라면 미래의 희망과 기대보다 이 시대의 서글픈 자화상으로 보인다. 습관적으로 영어단어를 외우고 수학문제를 풀며 문제집과 연습장에 빼곡히 쌓인 흔적이 그들의 삶에 어떤 영향을 미칠지 자못 궁금하다.

인간과 기계의 차이점은 무엇일까? 어떤 일을 한다는 점에 있어서 그 둘은 다르지 않다. 하지만 인간의 활동은 기계와 달리 의식적인 활동이다. 뿐만 아니라 그 활동을 통해 스스로 어떤 가치를 얻고자 한다. 눈으로 보이는 성과와 결과물이 아니라 그 과정이 중요한 것은 바로 이 때문 아니겠는가.

그런 점에서 본다면 아이들의 공부는 자발적 활동이어야 한다. 왜 공부해야 하는지 그리고 무엇 때문에 해야 하는지에 대한 치열한 자기 고민 속에서 시작되어야 한다. 그럴 때에야 비로소 자기 발전이 이루어지는 것이 아닌가 싶다.

지금의 슬픈 자화상처럼 대부분의 학생들이 고민 없이 그저 기계와 다를 바 없이 공부만 한다면 학교교육은 그저 기존의 지식을 답습하는 데에 머무르기만 할 것이다. 기존의 지적 체계를 받아들이기만 할 뿐 이를 토대로 더 나은 무언가를 만들어가는 모습을 기대하기란 어렵다.

학교생활 중 아이들에게 가장 중요한 것은 시험이다. 시험에 출제되지 않는 것은 아이들에게 그 가치를 인정받지 못한다. 시험이란 것이 배운 것을 확인하고 점검하며 더 나은 곳으로 나아가기 위한 과정이어야지 종착역이 되어서는 안 된다. 그런데 교실 안에서는 시험이 모든 것을 결정짓는 듯하다.

누군가는 대학에 들어가려면 모두가 거쳐야 하는 과정이므로 어쩔 수 없다고 한다. 고등학교를 벗어나 대학에 가면 이 모든 것이 해결된다고 이야기한다. 하지만 지금의 대학 문화는 고등학교와 크게 다르지 않다. 대학 역시 시험과 스펙을 쌓는 아전투구의 장이 되어 버린 지 이미 오래 전이다.

그렇다면 우리는 무엇 때문에 공부를 하는 것일까? 누가 이 물음에 답할 수 있겠는가. 우리는 행복해지기 위해 사는 것이지 불행해지기 위해 사는 게 아니다. 그렇다면 공부 역시 대학을 가기 위한 것이어서는 안 된다. 자신의 욕망을 채우기 위한 공부가 아니라 행복해지기 위한 공부를 해야 하지 않을까? 아이들에게 가르쳐야 하는 것은 등수가 아닌 그들의 꿈을 들어주는 것이 아닐까?

시험에 출제되지 않더라도 궁금한 것이 있을 때 책을 찾아보고 주변에 물어보며 스스로 해결하려는 노력들이 우리의 아이들에게 필요하다. 어쩌면 그러한 노력들은 그저 청춘의 전유물이 아니라 평생 살면서 간직하고 가꾸어야 하는 내 인생의 진짜 보물인지도 모른다. 그 보물을 가슴에 품고 꿈꾸어야 한다.

묵은 장맛은 적절한 온도와 환경 그 모든 것들 속에서 오래오래 자신의 독특한 맛을 내기 위해 그렇게 오랜 시간을 스스로 견디어 내고 있다. 누군가의 손길에 의해서가 아니라 스스로 변화하고 바뀌어 가는 것이다. 그런 시간의 침잠이 이루어질 때야 비로소 자신의 멋과 색을 낼 수 있는 것이다.

Part 3

교사로 살아간다는 것

교직생활을 하며 많은 문제아를 경험했지만

아이들을 만나면서 문제아는 없다는 결론을 내렸다.

그저 문제를 발생시킨 상황만 있을 뿐이다.

편견에서 벗어나 자세를 낮추고 다가서면

길은 그리 멀지 않다.

아이들에게는 교정이 아니라 소통이 필요하다.

선생님의 가장 큰 역할은 마음을 열고 들어주는 것

내 생애 최고의 말썽꾼

해병대에 간 지훈이가 휴가 때 찾아오겠다더니 이번 휴가에도 나타나지 않았다. 말년 휴가라며 꼭 찾아뵙겠노라고 전화상으로 큰 소리를 치더니 그냥 부대로 복귀해 버렸다. 혹시나 하는 마음에 기다리다가 전화를 했더니 민망해하며 제대로 된 모습을 보여주겠다고 장담하며 전화를 끊는다.

어느 덧 시간이 흘러 제대한 지훈이는 수능 원서를 쓰러 학교에 오면서 뜬금없이 해병대 옷을 입고 나타났다. "넌 제대한 지가 언젠데 그 옷을 입고 왔냐?"라고 핀잔을 줬더니 지훈이는 넉살 좋게 이렇게 말한다.

"선생님한테 해병대 옷 입은 모습을 꼭 보여 드리고 싶어서 장롱

속에 넣어둔 군복 다려 입고 나왔어요. 진작 보여드려야 했는데 죄송합니다. 이번에 못 보여 드리면 계속 못 보여드릴 거 같아서요"

"그래 멋있구나. 이 모습 보려고 난 3년을 기다린거네. 뭐 어쨌든 기다린 보람은 있다. 원서는 다 썼고? 이제라도 정신 차리고 원서를 쓰겠다니 다행이다. 공부 많이 했지?"

"제대할 때까지만 해도 자신이 있었는데 막상 공부를 시작하니 쉽지 않네요. 그래서 이번에는 시험보는 걸로 만족하고, 다음에 더 공부해서 잘 봐야지요. 선생님께 더 멋진 모습 보여드리려고 했는데 쉽지가 않아요."

이렇게 말하며 부끄러워하는 녀석의 모습이 낯설기도 하지만 대견하다. 지훈이는 길지 않은 내 교사 생활 중에서 나를 가장 힘들게 만든 녀석이지만 동시에 가장 기억에 남는 제자이기도 하다. 일 년 동안 그렇게 속을 뒤집어 놓았지만 녀석에 대한 믿음 하나로 보냈던 시간이 지금 생각해 보면 힘들었던 기억보다 오히려 추억으로 남아 있으니 말이다.

지훈이와의 첫만남은 교실이 아닌 복도였다. 처음에는 여선생님 반에 배정된 학생이었으나 관리상 남선생님이 더 낫겠다며 부장선생님에게서 "선생님 반에 배정했으니 힘들더라도 잘 관리하세요"란 말을 들었다. 나름대로 고민을 하다 내 스타일대로 하는 게 가장 좋을 듯 싶어 지훈이를 복도로 불러 솔직하게 말했다.

"네 담임이 되고 난 뒤 여러 말을 들었다. 하지만 선생님은 편견이
나 선입견을 가지고 널 대하고 싶지는 않아. 이유야 어찌 되었든 일
년을 함께 지내야 한다. 선생님과 한 가지만 약속하자. 무슨 일이 있
더라도 학교는 열심히 다녀야 한다. 그것만 지켜 준다면 선생님은
끝까지 널 믿어주마. 이게 너와 선생님이 하는 약속이다."

이 말을 들은 지훈이의 표정은 무덤덤했다. 아니 무덤덤하기보다
는 오히려 늘 그래왔던 것처럼 선생님과 일정한 벽을 두고 있다는
느낌을 받았다. 학교 현장에 있다 보면 소위 '문제아'라고 불리는 아
이들을 만나게 된다. 이 아이들과 수업을 하는 것도 힘든 일이지만,
담임으로 아이들과 함께하려면 아무래도 신경이 많이 쓰인다. 하지
만 마음속에 늘 품고 있는 생각은 '문제아는 없다'는 것이다. 다만
그 아이를 문제아로 만든 환경이 있을 뿐이다. 그것은 배 고픈 장발
장이 빵을 훔친 것을 두고 그 행위는 잘못되었기에 벌을 줘야 하지
만 사람을 나쁘다고 하지 않는 것과 다름없다. 그래서 난 지훈이를
나의 제자로서 한 인격을 가진 개체로 소통하고 싶었다.

그러나 나의 생각과는 다르게 지훈이와의 벽은 쉽게 무너지지 않
았다. 지각을 하는 것은 예사이고 가끔은 수업 시간이 시작되었는데
나타나지 않는 경우도 있었다. 그런 일들이 반복될 때마다 나의 속
은 까맣게 타들어갔다. 하지만 난 지훈이를 믿으려고 애썼고 그렇게

하려 했다. 다음 날 지훈이를 불러 이런 일이 있었다는데 어찌 된 일이냐고 물으면, 대수롭지 않게 대답하는 모습에 화가 나서 어찌할 바를 모르기도 했다. 하지만 지훈이와의 약속을 생각하며 끝까지 지훈이를 믿어 보기로 했다. 그때마다 지훈이에게 이런 말을 했다.

"선생님은 언제나 너를 믿어. 학교에서 무슨 일이 벌어지면 선생님에게 이야기를 해줬으면 좋겠다. 그게 선생님과 네가 처음으로 한 약속을 지키는 거라고 생각하는데. 선생님이 그동안 네가 한 행동을 가지고 아무 말도 하지 않는 이유는 너를 믿기 때문이야. 그러니 앞으론 내게 말을 좀 해다오"

그런 말을 해도 지훈이의 반응은 언제나 시큰둥했다.

한번은 이런 일도 있었다. 그 당시 우리학교는 수학여행을 오전이 아닌 오후에 떠났다. 배를 타고 제주도를 가야 하기 때문에 저녁에 출발하는 배 시간에 맞춰 오후에 모였기 때문이다. 출발 전 인원 파악을 하는데 지훈이의 모습이 보이지 않았다. 집에 연락해 보니 아침 일찍 학교에 간다고 나갔다고 했다.

출발시간이 거의 다 돼서 나타난 지훈이는 술에 취해 있었다. 같이 있던 친구 녀석에게 물어보니 수학여행에 간다고 신이 나서 몰래 가지고 가려던 술을 마시고 이렇게 되었다는 것이다. 순간 당황스러웠지만 우선은 이 상황을 어찌 해야 할지 정리해야 했다. 지금이라면 화를 불같이 내며 집에 연락해서 부모님에게 보냈겠지만 그때의 난 혈기 넘치는 초보 교사였다. 내게 중요한 것은 지훈이가 수학여행을 가고 싶어했다는 것이었다. 지훈이의 행동은 분명 잘못됐지만 평생 한 번 있을 수학여행의 기억을 뺏고 싶지 않았다. 벌을 주더라도 수학여행을 다녀와서 주자고 생각했다.

우선 다른 선생님이나 아이들의 눈에 띄지 않게 지훈이를 데려다 놓고, 눈을 피해 버스를 태우는 데까지 성공했다. 지훈이 주변의 남자아이들에게 당부를 해서 일단 부두에 도착하면 조심해서 배에 태우고 얼른 재우라고 말했다. 그러나 배에 오르는 도중 부장선생님에게 걸리고 말았다. 다행히 부장선생님이 모른 척 해주신 덕에 지훈이를 수학여행에 데려갈 수 있었다.

이러저러한 여러 가지 일들로 나를 곤란하게 하던 지훈이는 내 믿음 덕인지 조금씩 마음을 열기 시작했다. 행동은 많이 달라지지 않았지만, 나와 이야기할 때 웃음이 많이 늘었고 장난도 치기 시작했다. 3학년에 진급한 지훈이는 2학년 때와는 다르게 아주 열심히 학교를 다녔다.

스승의 날에는 직접 쓴 편지를 나 모르게 책상 위에 올려 놓았는데 그 편지의 내용에 감동해서 혼자 눈시울을 적시기도 했다. 지훈이는 지난 시간 동안 자신의 편이 없었다고 한다. 자신을 믿어주겠다던 나의 말조차 진심으로 느껴지지 않았다고 했고, 보란 듯 이전과 다르지 않은 생활을 해왔던 것이다. 하지만 녀석은 자신을 끝까지 믿어준 내게 보답이라도 하듯 그렇게 변화된 모습을 보여주었다. 그리고 그 편지에는 고맙다는 수줍은 고백도 있었다. 비록 대학에 들어가지 못했지만 정신을 차리겠다며 스스로 해병대에 자원 입대하겠다는 결심을 적었다.

그런 녀석이 어느새 제대를 하고 다시 수능을 보겠다고 한 것이다. 그렇게 뒤늦게 군복을 입고 나타난 지훈이는 비록 이번 수능에 좋은 결과를 얻지 못했지만, 지훈이 부모님이나 나는 지훈이가 사회에 나가서도 보란 듯이 잘살 거라는 것을 의심하지 않는다. 지훈이는 문제아도 아니었고 문제를 일으킬 만한 상황도 있지 않았다. 다만 그를 믿어주고 이야기를 들어줄 그 누군가가 필요했던 것이다.

어쩌면 선생님의 가장 큰 역할은 아이들의 이야기를 마음을 열고 들어주는 데에 있다. 선생님으로서 부모로서 친구로서 그리고 가장 가까운 동지로서 말이다. 그렇게 지훈이는 또 한번 성장할 것이다. 대학에 가느냐 가지 못하느냐의 여부보다 그렇게 어른이 되었다는 것이 내겐 더 가치있는 일이다. 나중에 어떤 결과가 나올지 아무도 예상하지 못할 테지만, 변화한 지훈이의 모습은 어디서든 자기 몫은 충분히 하며 살 수 있을 것이라는 믿음을 준다. 그 녀석의 말대로 지훈이의 인생은 진행중이다. 나에게 지금까지 보여준 모습만으로도 충분히 완료형이지만 말이다.

카네이션을 가슴에 달지
못하는 이유

스승의 날

학교에서 일 년을 지내다 보면 쳇바퀴 돌아가듯 같은 일
상이 반복된다. 아이들은 변하고 선생은 나이가 들지만
변하지 않는 것은 아이들의 생활이다.

이런 일들이 어디 학교뿐이겠나. 우리의 일상이 대부분 그렇게 어
영부영 특별한 것도 새로운 것도 없이 이어지기 마련이다. 어제와
다르지 않은 오늘. 오늘과 다르지 않은 내일 속에서 무언가 의미를
찾으려 노력하며 사는 것이다. 담임을 맡는다는 것은 아이들과 학교
에서 그만큼 오랫동안 생활한다는 뜻이다. 아침부터 저녁 늦은 시간
까지 부모보다 오랫동안 아이들과 함께 생활한다.

자율학습을 마치고 난 뒤 우스갯소리로 '집에 다녀온다'는 소리를

할 정도로 아이들은 학교에서 생활하는 시간이 길다. 그 길고 지리한 일상들을 산뜻하고 재미있게 만들어주는 것은 무언가 대단한 일들이 아니라 대부분 소소한 사건들이다. 갓난아이를 보는 것은 어머니의 모든 것을 바칠 정도로 힘들다고 한다. 그 힘든 과정을 잊게 해주는 것은 아주 먼 미래의 보상에 대한 기대가 아니라 아이의 천진한 웃음이다. 학교의 담임 역시 부모와 다르지 않다. 학급의 담임에게 늘 좋은 일만 있는 것은 아니다. 오히려 좋은 일보다 힘들고 짜증나는 일들이 더 많다. 하지만 그런 생활을 이겨내는 것은 자식을 보는 부모의 마음과 다름없다.

어버이의 날 부모님에게 감사하는 마음으로 달아드리는 카네이션이나 스승의 날 가슴에 달려 있는 카네이션이나 모두 아이들을 생각하는 같은 마음에 대한 보은의 뜻이라고 생각한다. 이날만큼은 가슴에 큼지막한 꽃을 달고 있어도 그리 어색하지 않고, 그 마음만큼이나 하루 종일 뿌듯해진다. 그날만큼은 아무리 말썽을 피우고 말을 듣지 않아도 너털웃음을 지으며 "오늘 같은 날까지 그러니?"라며 지나치게 된다. 스승의 날은 그런 날이다.

그런 스승의 날 학교에서는 학생회 주최로 선생님에게 꽃을 달아준다. 담임선생님뿐 아니라 모든 선생님에게 꽃을 달아주고 편지를 낭송하거나 전달해 주기도 하는데, 나는 아직도 꽃을 다는 게 어색하기만 하다. 사실 어색하기보다는 부끄러운 마음이 더 크다. 해준 것도 많지 않은데 꽃을 달고 있으면 내 모자람이 더 커 보이는 것만 같아 가슴에 달지 못하고 손에 쥔 채 서있는 경우가 대부분이다.

아이들이 "선생님은 왜 꽃을 달고 다니지 않아요?"라고 물어보면 "응 뭐 그냥 그래서……"라며 얼버무린다.

"딴 선생님들은 잘 달고 다니시던데 선생님도 다세요."

"응 그래. 그럴게."

대답은 했지만, 그 순간이 지나면 카네이션은 내 책상 위에 고이 놓여 있을 뿐이다. 그저 아이들의 고마운 마음을 바라보고 있다. 그러면서 마음속으로 되내인다. 스스로에게 떳떳해질 때 꼭 카네이션을 가슴에 달 것이라고. 이 생활을 하는 동안 언제쯤이면 자랑스럽게 가슴에 꽃을 달 수 있을까?

몇 년전 학생부 일을 하면서 담임을 맡지 않은 해가 있었다. 담임을 맡지 않으면 아무래도 스승의 날을 평범하게 지내게 된다. 비담임이라 조금은 덜 민망해하며 지낼 수 있어 좋기도 하지만 한편 서운하고 썰렁하기도 하다. 수업을 하느라 교실을 지나다 보면 담임선생님에게 깜짝 파티를 해주기 위해 풍선으로 교실을 장식하고 여기저기 모여 돌림편지도 쓰고 여러 궁리를 하는 모습이 보인다. 그 모습을 보노라면 웃음이 절로 나기도 하고 부럽기도 하다. 정작 내가 당할 때는 어찌할 바를 몰라 도망다니기도 하고 손사래 치기도 하는

데 막상 비담임이 되면 부럽게 느껴지는 건 왜일까?

그렇게 시끄러운 교실을 뒤로 하고 교무실에 앉아 있는데 작년 우리 반 남자아이들 세 명이 쭈뼛거리고 교무실을 들어온다. 교무실에 일이 있어 왔나 보다 하고 컴퓨터로 눈을 돌리는데 아이들이 나를 부른다. 어쩐 일이냐고 물어보니 갑자기 이 놈들이 내 앞에서 '스승의 날' 노래를 부르기 시작한다. 아이들도 민망한지 목소리는 점점 기어 들어가고, 다른 선생님들은 뭔 일인가 하고 고개를 내밀고 쳐다본다.

노래가 끝나자 '감사합니다' 하더니 갑자기 절을 하기 시작하는 게 아닌가. 뜬금 없이 절을 하니 거의 무방비 상태로 절을 받았다. 작년에 워낙 친하게 지낸 아이들이었다. 그래서 스승의 날 찾아오기는 했는데 남자아이들이라 꽃도 편지도 준비하지 못했나 보다. 그래서 머리를 굴려 생각해낸 것이 그렇게 몸으로 때우는 것이다.

불시에 절을 받았지만 어떤 감사인사보다 진한 여운이 남았다. 절을 받은 사실보다 아이들의 그런 능청스러움이 좋았다. 스승의 날이라고 해서 격식을 차리고 꽃을 준비하는 것도 좋지만 아이들답게 생각나는 대로 편하게 대해 주는 것이 나에게 더 잘 어울린다. 그 능청스러운 아이들에게 고맙다고 말하며, 딴 건 없냐고 농담을 던졌더니, 나중에 졸업하면 근사하게 대접하겠다며 큰소리를 친다. 어느 세월에 너희들이 성공해 대접받겠냐며 차라리 오늘 선생님이 자장

면이라도 사줄 테니 끝나고 내려와라 했더니 소리를 지르며 교무실을 빠져 나간다.

　오늘은 이 능청스러운 아이들과 자장면을 먹어야겠다. 아마도 자장면만 시켜주면 그 중의 한 놈은 탕수육도 시켜달라고 조를 것이다. 그럼 못 이기는 척하고 탕수육 하나 탁자 위에 턱 하니 올려 놓고 이런저런 이야기를 해야겠다. 가끔은 의도하지 않았던 일들로 인해 웃을 수 있는 이런 상황이 좋다. 스승의 날보다 몇 배는 더.

아이들이 학교에 오고 싶게
만들겠습니다

학부모 총회

"누구를 닮아 아이들이 이렇게 이쁘고 잘생겼나 했는데
이곳에 계신 어머님들을 뵈니 이제야 알 것 같네요"

교실이 큰 웃음으로 떠나갈 듯하다. 아이들이 앉아 있어야 할 책
상에 어머님들이 앉아 있다.

학기초만 되면 대부분의 학교에서 학부모 총회를 한다. 학교에서
부모님들을 만나는 공식적인 자리라고 해야 할까. 학교의 소개와 안
내, 입시설명회와 같은 행사가 끝나면 반별 모임이 시작된다. 어찌
보면 학부모님들이 자신의 아이와 같이 생활할 선생님을 만나는 자
리인 셈이다. 양복을 즐겨 입지 않는 나도 이날만큼은 연중행사처럼
양복을 입는다.

110

어머님들의 모습이 조금은 긴장되어 보여 가벼운 농담으로 이야기를 시작하니 어색하고 딱딱한 분위기가 조금은 사라진다. 이어 분위기를 더 가볍게 하기 위해, 이런저런 말들을 하면 어머님들은 뭐가 그리 좋은지 연신 웃어주신다. 내가 하는 이야기가 재미있어서 그런 것은 절대 아니다. 똑같은 이야기를 아이들에게 하면 안 그래도 칙칙한 분위기가 더 썰렁하게 가라앉는 걸 보면 지금의 분위기는 어머님들 스스로 만든 것이다. 아이들보다 더 반짝반짝 빛나는 눈빛으로 내 이야기를 하나라도 놓치지 않으려는 모습을 보면 아이들에게 더 잘해주어야겠다는 생각이 든다. 우리 반에 있는 모든 아이들이 집에서는 누구보다 귀하고 소중한 자식일 테니 말이다. 간단하게 학급 소개를 하고 급훈을 소개하면서 어머님들에게 내가 어떤 사람인지를 알려 나가기 시작한다.

"우리 반 급훈은 우공이산입니다. '우공이산'은 어리석은 사람이 산을 옮긴다는 뜻이지요. 옛날 한 노인이 마을 사람들을 위해 평생 동안 산을 옮겼다고 합니다. 모두들 그 사람을 바보라느니 정신이 나갔다느니 했지만, 노인은 평생 오로지 산을 옮기는 일에 매진했다고 하네요. 그 마음에 감복한 신이 결국 산을 옮기게 해주었고 마을사람들은 편히 길을 다닐 수 있었다고 합니다.

처음 이 이야기를 들었을 때 저는 우공과 같은 사람이 되었으면 했습니다. 막연하게나마 나를 위해서가 아니라 남을 위해 사는 것이 멋있어 보였거든요. 이 고사성어에서 가장 기억에 남는 건 이런 것 같아요. 나를 위해서가 아닌 남을 위해 그 일을 했다는 것, 지금이 아닌 나중을 생각하고 살 수 있다는 것 말입니다. 우리 반 학생들도 그랬으면 좋겠습니다. 요즘은 착한 사람이 바보로 평가받는 세상입니다. 나쁜 사람이 오히려 현실적이라며 인정을 받습니다.

전 우리 반 아이들이 우공이 되었으면 합니다. 내가 아닌 너를 생각하고 집단을 생각하고 사회를 생각하는 사람이 되었으면 합니다. 나의 행복이 아니라 우리 모두가 행복해지는 세상 그것이 우리에게 필요하다고 생각합니다. 누군가는 저의 이런 생각이 비현실적인데다 너무 이상적이라고 이야기합니다.

네 맞습니다. 이상적이긴 합니다만 그 이상은 꼭 필요한 것이기 때문에 어쩌면 당연히 가지고 있어야 하는 겁니다. 죽은 고기는 강물을 따라 헤엄치지만 살아 있는 고기는 그렇지 않습니다. 비록 힘들고 어렵더라도 강물에 자신을 내 맡기지 않습니다. 전 아이들이 이렇게 살아 주었으면 합니다. 우공처럼 그리고 살아 있는 물고기처럼 말입니다."

일부 부모님들은 고개를 끄덕거리지만 몇몇은 지금 세상에 어울리지 않는다고 생각할 것이다. 하지만 그런 수많은 우공과 살아 있는 물고기가 이 세상에 너무도 많이 필요하다. 입시설명이나 학급소개 그리고 학교생활에 관한 일반적인 이야기를 하다가 마지막 말은 대부분 이렇게 끝낸다.

"어머님. 아이들 사랑스럽죠?" 그러면 예상하지 못했던 질문인지 아니면 뜬금 없는 질문이어서 그런지 선뜻 대답하지 못한다.

"평소에 말고 잘 때." 그러면 여기저기서 웃음이 나온다. 웃음이 나고 상대에 대해 너그러워지면 이야기하기도 그만큼 수월해진다.

"저도 어머님들만큼은 아니지만 아이들이 예쁘고 사랑스럽습니다. 물론 잘 때가 아니라 말을 잘 들을 때겠지만요. 학교에 있다 보면 아이들이 징하게도 말을 안 듣습니다. 그건 아마 키워 보신 부모님들이 더 잘 아시겠지만. 그런 아이들을 학교에서 가르치다 보면 많은 일이 일어납니다. 하지만 이쁠 때만 자식이 아니잖아요. 미울 때도 제 자식입니다. 혼을 내는 건 아이가 미워서 그런게 아니에요. 그 아이가 바르게 자랐으면 하는 마음에서 입니다. 혼을 많이 내는 아이는 제가 그만큼 사랑하는 겁니다. 그러니 학교에서 무슨 일이 있었다고 말하면 선생님이 그만큼 이뻐하는 거라고 생각해 주세요. 포기한 아이에게 잔소리가 하고 싶겠습니까? 입이 아파서 하기 싫어요.

학교에서 제 역할은 뭘까요? 악역은 제가 맡으면 됩니다. 그러니 집에서 어머님들은 공부하라고 잔소리하거나 너 때문에 내가 죽겠다는 말은 하지 않으셔도 됩니다. 그 말은 제가, 수업 시간의 선생님이 때론 학원에서 하면 됩니다. 아이들은 공부에 대해서라면 이미 귀가 따갑도록 듣고 있을 거예요. 그러니 집에서는 그 말 대신 따뜻한 말만 해주시는 게 아이들을 위하는 겁니다. 힘들지 하며 엉덩이 한번 두둘겨 주시면 됩니다.

아이들이 가장 많은 시간을 보내는 게 학교입니다. 이 학교가 힘들고 가기 싫은 곳이 되어선 안 되겠죠. 그러니 어머님들에게 다른 것은 약속 드릴 수 없지만, 일 년간 학교가 가고 싶은 곳이 되도록 만들겠습니다. 제가 드리는 약속은 이겁니다. 제 자식을 일등 만들어달라는 부탁은 하지 마세요. 학생수가 30명인 반에 일등은 단 한 명입니다. 모든 아이들을 일등으로 만들겠다는 거짓말은 할 수 없지만, 아이들이 바른 길을 걷도록 만들겠다는 말은 할 수 있을 것 같습니다. 모자라고 부족하지만 일 년 동안 잘 부탁드립니다."

부모님들이 바라는 것은 무엇일까? 나 역시 많은 고민을 해본다. 가장 중요한 것이 공부와 성적이겠지만 오로지 이것들만 바라는 것이 진정한 부모의 마음일까? 공부만이 성적만이 전부는 아니라고 생각하실 것이다. 바른 사람으로 커서 자기 앞가림을 하고 다른 사람에게 손가락질 받지 않고 베푸며 사는 것. 이것이 오래전부터 부모가 자식에게 바라는 것 아니겠는가. 이름을 널리 알리는 것도 중요하지만 결국 사람 구실하며 사는 것이 가장 중요한 것 아닐까 싶다. 우리 모두가 사람 구실하며 건강하게 사는 것. 그것이 결국 우리 모두의 행복인지도 모른다. 누군가가 행복해지는 것이 아니라 우리 모두가 행복하게 사는 것. 그것이 나와 부모님과 아이들에게 중요하다.

114

아이를 꾸짖어야 할 때와
이해해 주어야 할 때

기성세대와 아이들의 간극

학교에 있다 보면 모든 아이들이 친구들과 잘 어울리는
것은 아니다. 어떤 부류에도 쉽게 섞이지 못하는 아이들
이 있다. 1학년의 경우 처음에는 서먹해 같은 반의 아이들보다 출신
중학교에 따라 모여 다닌다. 2, 3학년은 1, 2학년 때 같은 반 아이들
끼리 어울려 지낸다. 그것도 잠시 시간이 조금만 지나면 삼삼오오
그룹을 지어 모이고 흩어지기를 반복한다. 끼리끼리 각자의 성향에
따라 모임이 만들어지는 경우가 대부분이다.

그 와중에 쉽사리 어울리지 못하고 그 주변을 맴돌거나 조금은 떨
어져 아웃사이더처럼 지내는 아이들도 있기 마련이다. 담임교사의
입장에서 이런 아이들은 여간 신경쓰이는 것이 아니다. '왕따'라도

당하는 것은 아닌지 혹여 무슨 사고라도 나는 것은 아닌지 눈이 가고 신경이 쓰인다.

　미선이라는 아이 역시 그랬다. 편하지 않은 인상과 친절하지 않은 말투 때문인지 혼자 있는 모습이 눈에 띄었다. 이런 문제를 해결할 방법은 그리 많지 않다. 더군다나 미선이를 맡았을 때 나는 초보교사 딱지를 겨우 떼었다. 물론 지금이라고 해도 이런 상황에 무엇이 더 나은지 해답을 찾기란 어렵다. 내가 이 아이에게 해줄 수 있는 것은 되도록 혼자 다니지 않도록 사려 깊은 아이를 하나 설득해 점심시간이나 체육시간에 티나지 않게 돌봐줄 것을 부탁하는 정도이다.

　성격도 진중하고 사려깊은 지윤이는 나의 이런 부탁을 마다하지 않고 걱정하지 말라며 오히려 나를 위로해 주었다. 다행히 그 둘은 잘 어울려 지냈고 한두 달 지나면 다른 아이들과도 힘들지 않게 지내리라고 생각했다.

　그러던 어느 날 미선이가 학교에 등교하지 않았다. 핸드폰은 꺼져 있고 연락도 닿지 않아 아버지에게 전화를 했더니, 아침에 아버지와 심하게 다툰 후 집을 뛰쳐 나갔다는 것이다. 가방은 가지고 나가길래 학교는 갔겠거니 하고 나에게 전화를 하려던 참이었다고 했다. 핸드폰까지 꺼져 있어 아이가 어디에 있는지 알 수가 없었다. 다만 늦게라도 학교에 와주기를 바랄 뿐이었다.

점심시간이 다 되어도 아이는 학교에 오지 않았다. 문득 생각이 나 교실에 들러 아이들에게 인터넷 메신저 아이디를 물어 접속 여부를 확인했더니 다행히 미선이가 접속해 있었다. 아이들이 학교에 안 나오면 보통 PC방으로 간다는 것이 떠올라 확인해본 것인데 다행히 나의 생각이 들어맞았다.

미선이를 설득하려 하기보다는 믿어주는 편이 좋을 것 같아 이야기를 들어주었다. 미선이는 아버지가 자신의 이야기를 들으려 하지 않고, 다그치기만 해 화가 났고 분을 참지 못해 아버지와 다투고 난 뒤 학교 대신 PC방으로 간 것이다. 긴 시간 다독이며 우선 학교로 와서 선생님을 보고 이야기하자고 했다. 다행히 미선이는 점심시간이 지난 후 가방도 없이 학교에 나타났다. 홧김에 가방과 핸드폰을 어딘가에 던져 버린 것이었다.

미선이는 생각이 깊으면서도 조금은 독특한 아이였다. 그렇기에 누구도 자신을 이해하지 못한다는 생각이 컸다. 오랜 시간 이야기했지만 쉽게 자신의 생각을 꺼내지도 뜻을 굽히지도 않는다. 그래도 집으로 들어가는게 어떻겠느냐는 말에 이렇게 집으로 들어갈 수 없다고 완강히 버틴다. 하는 수 없이 그럼 우리집으로 가는 게 어떻겠느냐고 하자 잠시 고민하더니 그러겠노라고 한다. 미선 아버지에게 전화해 내가 데리고 있을 테니 걱정하시지 말라고 전하자 몇 번이나 고맙다는 인사를 한다. 선생님으로서 해야 할 도리이니 너무 죄송해

하지 않으셔도 된다고 말씀드렸다.

미선이는 그렇게 며칠을 우리 가족과 함께 지냈다. 아침에 일어나 밥을 먹고 학교에 같이 등교하고 저녁에 같이 하교하며 이런저런 이야기를 나누었다. 미선이는 자신의 생각과 주장이 강한 아이였다. 부모님은 아이를 이해하려 하지 않고 꺾으려고만 하다 보니 본의 아니게 잦은 충돌이 생긴 것이다. 오랜 시간 동안 쌓인 마음의 병이자 상처였다. 그러다 보니 자연스럽게 학교생활에도 영향을 미쳐 누군가에게 마음을 열고 다가가질 않게 된 것이다.

미선이는 어떤 문제가 생겼을 때 한 발 양보하거나 해결하려는 노력을 하지 않는다. 학교에서 문제가 있는 아이들과 이야기하다 보면 의외로 가정에 문제가 있는 경우가 많다. 예전에는 경제적으로 힘든 아이들이나 결손 가정에 문제가 있는 아이들이 많았다. 하지만 요즘에는 그런 아이들보다 부모의 기대가 너무 커서 아이들과 갈등이 생기는 경우가 많다. 소위 '엄친아'라고 불리는 아이들과의 비교와 지나친 간섭이 아이들을 얽어매는 것이다. 어린 시절부터 부모님의 시간표대로 학원에서 학원으로 돌고 돈 아이들은 자존감이 매우 적고, 어떤 문제가 생기면 스스로 해결하기보다 누군가 이 일을 해결해 주기를 기다릴 뿐이다.

미선이의 경우도 이와 다르지 않았다. 어머니와 이혼한 후 힘들게 일하며 자식을 키워온 아버지는 남들 못지 않게 아이들을 키우려는 마음이 강했다. 그런 마음만큼 아이들에게 기대가 크고 간섭도 많이 하다 보니 미선이와 거리감이 생긴 것이다. 이 문제는 미선이의 문제이기도 하지만 아버님의 문제이기도 하다. 미선이를 집으로 돌려보내기 전에 아버님을 만나 미선이에 대해 말씀드린다.

"아버님, 미선이가 잘 자라주기를 바라시죠? 모든 부모의 마음이 다르지 않을 겁니다. 미선이는 아버님이 생각하는 것보다 사려 깊은 아이예요. 제가 그동안 본 미선이의 모습 그리고 며칠간 데리고 있으면서 이야기를 해보니 제가 생각했던 것보다 훨씬 어른스러워요.

지금은 이런 상황을 만든 것에 대해 그리고 아버님에 대해 굉장히 미안해하고 있어요. 그러니 아버님도 미선이를 조금 이해해 주셨으면 좋겠어요. 성적이 그저 노력만 한다고 해서 올라가는 게 아닙니다. 학교에 조금 늦는 것 역시 그 또래의 아이들에게 흔히 있는 일이에요. 물론 공부도 잘하고 모든 면에서 모범적으로 생활했으면 하는 것이 부모의 마음이겠죠. 미선이도 잘 알고 있어요. 그리고 그것이 중요하다는 것도 충분히 알고 있어요. 다만 그런 생각들이 쉽게 생활로 드러나지 않을 뿐이에요. 그럴 땐 혼내는 것보다 아이를 지켜봐 주고 응원해 주는 것이 좋습니다. 아버님이나 제가 어렸을 땐 혼을 냈죠. 그러면 해결이 됐지만, 지금의 아이들은 혼내는 것보다 믿음을 가지고 옆에서 지켜보고 응원해 주는 것이 더 필요합니다. 특히 미선이 같이 생각이 깊고 고집이 센 아이 같은 경우에는 더욱 그렇습니다.

조만간 제가 잘 설득해서 집으로 돌려보내겠습니다. 그러니 미선이뿐 아니라 아버님도 조금 양보해 주셨으면 합니다. 제 말이 주제넘게 들릴 수도 있단 생각이 듭니다만 지금의 미선이는 아버님보다 제가 더 잘 알고 있으니 저를 믿어주셨으면 합니다."

다행이 이번 일로 아버지도 충격을 받으셨는지, 미선이를 데리고 있는 고마움 때문인지 그러겠노라고 말하며 돌아가신다. 그 모습을 보며 갑자기 우리 부모님 생각이 난다. 별다른 어려움 없이 컸다고 생각하지만 나의 부모님 역시 나를 많이 걱정하고 키우셨겠다는 생각이 든다. 자식을 가진 부모는 늘 죄인이다. 그 죄를 씻는 방법은 아이를 혼내고 꾸짖는 것이 아니라 아이를 이해해 주는 것이다. 아이들이 어떤 행동을 하더라도 나름의 이유가 있다는 것을 인정하고 길을 잡아주어야 한다.

세상이 바뀌었다. 그 바뀐 세상만큼 아이들도 바뀌었다. 기성세대의 생각과 지금 아이들의 생각은 너무 간극이 크다. 그 틈을 좁히는 방법은 한 발씩 물러서거나 다가서는 것이다. 무조건 아이들을 나에게 끌어오려고 하는 것은 아이를 더 멀어지게 하는 것일 수도 있다. 아이들의 문제는 이렇게 아이뿐만 아니라 부모와 함께 해결해야 하는 경우도 많다.

교사라는 직업을 가져서
행복하다고 생각할 때

미지의 연애편지

to 복섭쌤 ㅋㅋㅋㅋㅋ

오복섭 선생님.

고텨올나 안즌마리 언어 진면목이 여기야 다 뵈는다. 어와 오복
섭 헌스토 헌스할샤 늘거든 뛰디 마나 셧거든 솟디 마나, 높흘시
고 비문학 외로올샤 문학이 이해 쏙쏙 가는가. 스승의 은혜 금스
하려 ᄒ니 전 흑와 ᄋ는 쌤 없고 친한 선싱님은 오복섭 쌤뿐이니
그동ᄋ의 금사 오복섭 쌤께 드리니 어와 나 ᄀ트니 또 있ᄂ가.

(선생님 수업 다시 올라 앉으니 언어의 진짜 모습이 여기서 다 보인
다. 어와 오복섭 야단스럽기도 야단스럽구나. 날아오르거든 뛰지나
말고, 서있거든 솟지나 말 것이지. 높기도 하구나 비문학 어려운 문

학이 이해가 쏙쏙 가는구나 스승의 은혜 감사하려고 하니 전학을 와서 아는 쌤은 없고 친한 쌤은 오복섭 쌤뿐이니 그동안의 감사 오복섭 쌤께 드리니 어와 나 같으니 또 있는가)

선생님 저 좀 짱이죠? 문학쌤께 드리는 편지답게 센스있게 썼어요 ㅋㅋ

3학년 올라와서 선생님 수업 조용히 잘 듣고 있어요 언어 모르는 거 들고 가서 물어봐도 되죠? ㅋㅋ

그리고 선생님이 수업 시간에 이야기한 가수의 음악 찾아서 잘 듣고 있답니다. 노래 너무 좋은 거 같아요 다음번에 또 추천해 주세요.

쌤 저 대학 좋은 곳 가면 꼭 찾아올게요ㅋㅋ 나쁜 학교 가도 찾아올 거니까 잊으시면 안 돼요 ㅋㅋ

선생님 항상 감사드리고 사.사.까지는 아니구 좋아해용.

항상 똘망똘망한 눈망울로 나를 쳐다보며 수업을 듣던 미지가 수업이 끝나고 난 후 건넨 연애편지의 내용이다. 그냥 포스트잇에 쓴 쪽지이지만 연애편지라고 믿고 싶다. 이렇게 예쁜 손글씨로 쓴 연애편지를 받을 수 있다는 건 교사라는 직업이 주는 행복 중의 하나임에 분명하다. 수업 시간에 설명한 '관동별곡'을 가지고 이렇게 기특한 편지를 쓰다니 재미있어 웃으면서도 그 기발함에 놀라 여기저기 자랑을 했다.

나를 좋아하고 꼭 찾아온다던 미지는 수능 성적이 좋지 않아 재수를 하게 되었고, 아직까지 나를 찾아오지 않는 불경함을 저지르고 있다. 나만 보라고 전해준 이 편지를 이렇게 공개하는 이유는 그 편지의 내용이 너무 귀엽고 이뻐서이기도 하지만, 재수한다는 이유로 아직까지 연락이 없는 미지에 대한 일종의 경고이다. 어디에 있는지 알 수 없으나 혹시라도 이 글을 본다면 꼭 찾아와서 밥이라도 얻어 먹고 열심히 공부했으면 하는 마음에서이다.

사실 미지가 전학을 왔다는 사실은 이 편지를 읽고 나서야 알았다. 우리 반이 아니기도 하지만 평소 조용하고 내성적이라 눈에 잘 띄지 않은 탓도 있다. 수업을 워낙 열심히 듣고 집중하길래 지나는 말로 몇 마디 칭찬해준 것에 감동을 받았는지 수줍게 와서는 쪽지를 건네고 도망친다. 가끔 요즘 아이들답지 않게 부끄러워하는 여고생의 티 없는 모습을 보면 왜 이리 이쁘고 귀여울까. 그건 아마도 그만큼 내가 나이를 먹어가고 있다는 의미인지도 모른다.

오랫동안 고3담임을 하다 1학년 담임을 하게 된 적 있었다. 불과 2년의 차이지만 학교에서 고3과 고1은 너무 다르다. 3학년은 늙은 이처럼 세상 모든 것을 다 알고 있는 듯한 표정으로 학교를 다니지만 1학년은 세상물정 모르는 철부지와 다름없다. 그 모습을 보고 너무 귀여워 한 달 동안 아이들의 표현대로 인자한 아버지의 미소를 짓고 다녔다. 그 인자한 미소가 호통과 야단으로 바뀌는 데는 한 달밖에 안 걸렸지만.

가끔 아이들의 이런 애정과 호의는 지친 학교생활에 단비와도 같다. 아이들이 써준 짧은 쪽지. 가끔은 책상 위에 올려져 있는 캔커피 하나. 물론 내가 나이가 들면서 그 횟수는 점점 줄어가고 있는 것도 사실이지만. 남학생들과 다르게 여학생들은 늘 재잘거리며 유쾌하고 즐겁다. 가끔은 수줍은 얼굴을 하며 별 것 아닌 질문을 던져 놓고 자기들끼리 재잘거리며 도망가는 모습을 보면 귀엽고 순수해 보인다. 남학생은 그저 친하다는 표현이 '툭' 하고 건드리고 가는 정도이다.

남학생이든 여학생이든 학교에선 그저 아이들이다. 학년에 따라 무게감이 조금 다르긴 하지만, 점심을 먹고 나서 그 짧막한 시간 동안 땡볕 아래 공을 따라 여기저기 뛰어다니는 아이들. 삼삼 오오 모여 수다를 떨기도 하고, 가끔은 그늘진 곳에 앉아 휴식을 즐기는 아이들은 언제 그랬냐는 듯 순수하기만 하다. 어떨 때는 너무 어른 같기도 하고 모든걸 다 아는 양 느물거리는 아이들도 학교에서 놀 때만큼은 때묻지 않은 모습이 엿보여 입가에 엷은 웃음이 지어진다.

몇 번의 관심어린 말에 감동을 받아 수업 시간에 한 음악 이야기에 그 음반을 사서 듣기까지 한 미지는 나에게 이런 멋진 편지를 남겨주었다. 수업 시간에 유독 집중해서 들으며 하나라도 놓치지 않으려 하는 그 아이의 마음씀이 너무 예쁘고 고맙다. 이럴 때면 아이들에게 조금 더 관심 가지고 많은 것을 알려 주어야겠다는 생각이 든다.

나도 그 아이처럼 좋아하는 선생님이 있었다. 그 선생님 덕에 이렇게 국어를 가르치고 있단 생각이 들 때가 있다. 그래서 그런지 그 선생님의 이야기 하나 하나를 허투루 흘려 버리지 않고 메모하며 들었던 기억들이 새록새록 돋아난다. 선생님이 소개해준 책 이야기, 음악 이야기, 세상 사는 이야기들이 한참이나 지난 지금도 여전히 남아 있는 걸 보면 지금 내가 하는 행동들도 아이들에게 진한 무언가를 남겨줄 수 있을지도 모르겠다.

예전이나 지금이나 아이들에게는 관심이 필요하다. 학교의 선생님이든 부모님이든 친구 사이든 가장 필요한 것은 아이들에 대한 관심과 따뜻한 몇 마디 말인지도 모른다. 고등학교 시절 뜬금없이 불러주신 그 노래에 빠져 음반을 사서 테이프가 늘어지도록 들었던 기억이 난다. 그때 선생님이 불러주셨던 '한네의 노래'가 내 기억 속에 또렷이 남아 있다. 그 기억처럼 아이들에게 오래도록 기억에 남을 이야기를 수업 시간에 하고 싶다. 지식보다는 삶의 이야기를.

영화 〈완득이〉를 보고 생각난 구시가지 아이

기억에 남는 제자

'처음'이라는 단어는 언제나 풋풋하기 마련이다. 첫사랑, 첫만남, 첫이별, 첫○○ 등. 그 풋풋한 감정처럼 첫 담임을 맡았을 때의 기억 역시 오래도록 가슴에 남는다.

내가 부임한 첫 학교는 신시가지에 위치해 있었다. 지금은 어느 덧 주변이 아파트로 가득하지만 예전에는 도시에서 보기 힘든 논도 있고 얕은 내가 흐르는 꽤나 낭만적인 곳이었다. 학교 옆과 뒤는 야트막한 산으로 둘러 쌓여 있고 그 앞으로는 지금은 개발이 되어 조깅코스가 구비되어 있는 천변이지만 예전에는 갖가지 꽃과 들풀이 가득한 곳이었다.

신시가지가 형성되는 초기에는 늘 그렇듯 신입생 중에 신시가지의 아파트 학생들과 구시가지의 주택가에 사는 학생들이 섞여 있었다. 구시가지는 신도시에 비해 경제력이나 소득 수준이 떨어지는 가정의 학생이 대부분이었다. 가정형편이나 집안환경 또한 좋지 않은 학생들이 많이 있었다. 내가 기억하는 아이 또한 일 하시는 어머니와 함께 생활하고 아버지와는 여러 가지 이유로 별거중인 상태였다.

얼마전에 영화화된 소설 〈완득이〉의 주인공 도완득 정도의 형편까지는 아니었지만 영화를 보는 내내 그 아이가 떠올랐다. 교사인 내가 구시가지인 그 동네에서 어린시절을 보내고 고등학교까지 마쳤기에 그 동네 학생을 보면 유난히 마음이 쓰였는지도 모르겠다.

과거에는 이런 불우한 환경 속에서 더욱 열심히 생활하고 공부를 하는 학생들이 많았지만 요즘 학생들의 성적은 가정의 경제력과 밀접한 관련이 있다는 것을 부인할 수 없다. 학교 공부만으로 실력을 쌓거나 매년 수능이 끝나고 나면 인터뷰에 나오는 아이들처럼 '학교 공부와 예습, 복습만으로 좋은 성적을 얻는다는 것'은 거의 불가능에 가깝다.

그 학생 역시 수업이나 학습 면에서 늘 하위권을 벗어나지 못했지만 성실함과 사교성만큼은 돋보였다. 무엇보다 신시가지의 아이들과는 다른 솔직함과 약간의 투박한 성정이 오히려 내 마음을 건드렸다고 보는 편이 정확하다. 물론 나의 이런 마음을 내보인 적이 없어 그 아이는 지금도 그때 내 마음을 모를 것이다.

지금 어딘가에서 이 글을 읽고 있다면 이제야 내 행동을 이해하게 될지도 모를 일이지만 그 아이의 담임이 되고 나서 가정환경을 알게 된 나는 급식비 지원이나 학비 지원 등 담임교사가 해줄 수 있는 여러 가지 지원을 소개해 주었다. 학생 역시 아이들 모르게 담임과 개별적으로 이루어진 일이기에 받아들였다. 몇 번 상담을 하면서 자신의 가정환경을 이야기하기도 하고, 앞으로의 진로와 삶에 대한 이야기를 진솔하게 나누기도 했다.

　그렇게 한 해가 지나던 어느 추운 겨울날 핸드폰으로 전화가 왔다. 그 아이의 울음섞인 목소리가 전화기 너머로 들리는 순간 나도 모르게 긴장하고 말았다. 흐느끼며 떨리는 듯한 목소리 그리고 계속해서 말을 잇지 못한 채 '선생님' 소리만 반복하는 그 아이의 목소리에서 불안감은 더욱 커져갔다. 나는 그 아이의 이름을 반복적으로 부르며 뭣 때문에 그러는 것인지 계속 물을 수밖에 없었다.

　시간이 조금 흐르고 나 진정이 된 아이가 그제야 말한다. 어머니와 심하게 다툰 후 집을 나왔는데, 갈 곳도 없고 경황이 없는 상태에서 선생님 생각이 나 전화를 했다는 것이다. 그 말을 들은 순간 어찌해야 할지 모르면서도 그렇게 고마울 수가 없었다.

　마침 그 날은 아직 구시가지에 살고 계신 내 아버지의 생일날이었다. 부모님에게 상황 설명을 드리니 다행히 부모님은 선생으로 당연히 해야 할 일이라며 오히려 빨리 다녀오라고 하셨다. 허겁지겁 아이가 기다리고 있는 곳으로 가 보니, 그 추운 겨울날 교복 와이셔츠만 입은 채 추위에 퍼렇게 질려 있는 아이의 모습이 보였다. 싸우고 나오면서 분을 이기지 못하고 옷도 챙겨 입지 못한 채 뛰쳐나온 탓이리라.

얼른 근처 패스트푸드점으로 데리고 들어가 따뜻한 차 한 잔을 먹이면서 아이의 이야기를 들어주었다. 내가 해줄 수 있는 것은 그 아이의 편에서 이야기를 들어주는 것말고는 해줄 만한 것도 없었기 때문이다.

이야기인즉슨 이렇다. 아이는 가끔 어머니의 지갑에서 몰래 돈을 빼낸 적이 있었다. 그 일이 잦아지면서 어머니도 알게 되고, 다시는 그러지 않겠다고 어머니에게 용서를 빌었다고 한다. 그런데 그날 어머니의 돈이 또 없어진 것이다. 당연히 어머니는 자신의 자식을 의심할 수밖에 없었고, 아이는 자신이 하지 않은 일에 대해 어머니가 의심하고 꾸짖자 '욱' 하고 서러운 마음에 그 자리에 뛰쳐나와 거리를 헤매다 내게 전화한 것이다. 시간이 지나서인지 속 이야기를 털어놓은 탓인지 아이의 서러움과 눈물은 많이 가라 앉았고 나는 아이를 설득하기 시작했다.

"네가 한 일이 아니더라도 어머님의 입장에서는 너를 의심하는 건 어찌 보면 당연한 일이야. 둘 밖에 없는 집에 돈이 없어졌고, 네가 그 전에도 그런 행동을 했기 때문에 선생님도 같은 상황에 처하면 당연히 널 의심했을 거야. 물론 하지 않은 일에 대해 의심을 받으면 억울하겠지만 그런 상황을 만든 사람에게도 일정 부분 책임이 있는 거잖아. 입장을 바꿔 놓고 생각한다면 너 역시도 그럴 수밖에 없었을 거야. 그러니 얼른 죄송하다고 하고 집으로 돌아가는 게 어떻겠니?"

위로인지 아닌지 머리에서 생각나는 대로 이야기를 이어 나갔다. 지금이라면 그때보다 조금 더 유연하고 교육적으로 풀어갈 수도 있었겠지만 그때의 난 열정만 가득한 경험 없는 1년차 풋내기였을 뿐이다.

다행히 나의 이런 이야기에 아이는 고개를 끄덕거려 주었다. 머리로는 공감하지만 여전히 울분이 남았는지 집으로는 돌아가지 않겠다는 뜻을 내비친다. 선생님을 따라가는 건 어떠냐고 했더니 선뜻 대답하지 못한다.

한참을 고민하더니 친한 친구집으로 가겠다고 한다. 나를 따라가는 게 좋을 듯 싶지만 부담스러워할 것 같기도 하고 이럴 때 친구와 이런저런 이야기를 하는 것도 나쁘지 않을 듯 싶었다. 그런 아이에게 약속 하나만 하자고 했다. 친구집에 가더라도 오늘은 푹 쉬고 내일은 꼭 학교에 와라 그것만 약속하면 보내주마 그랬더니 대수롭지 않게 "네, 그럴게요" 하고 대답한다.

"내일 꼭 학교에서 보자. 학교 안 오면 안 된다. 선생님이랑 약속한 거다." 하며 거듭 다짐을 받으며 돌아서는데 오들오들 떨고 있는 녀석이 보인다. 주머니를 뒤져보니 급하게 나온지라 지갑조차 보이지 않는다. 주머니에 들어 있는 얼마 안 되는 돈을 쥐어주고 입고 있던 잠바를 벗어 건넨다. 받지 않으려는 녀석에게 억지로 떠 넘기며 영화에서 처럼 멋지게 말한다.

"나중에 졸업하고 돈 많이 벌면 그때 갚아라."

그렇게 머뭇거리는 녀석을 뒤로 한 채 집으로 돌아왔다. 다음날 출근 때까지 내 머릿속에는 온통 그 녀석이 학교에 나타날 것인지에 대한 걱정으로 가득했다. 다행히 그 아이는 학교에 등교했고 날 향해 둘만이 간직한 비밀이라도 있는 듯 미소를 지어 보였다.

점심시간에 잠시 불러 집에는 언제 들어갈지 물었더니 며칠 더 친구집에 있겠다고 한다. 친구집에 있더라도 학교는 꼭 나와야 한다는 다짐을 받으며 이런저런 이야기를 하려다 녀석도 다 알고 있을 것 같아 등판만 한 대 시원하게 때려 준다. 이럴 때는 많은 말이나 격려보다 그냥 말 없이 이 녀석을 믿어주는 것이 더 필요하다는 생각이 든다.

아이들의 이야기를 들어주는
친구 같은 선생님

아이들과의 소통 방식

수업 시간에 수업 내용 대신 다른 이야기를 하고 싶을 때가 있다. 가끔은 우울한 표정을 짓는 아이의 이야기를 듣고 싶을 때가 있다. 좋은 일은 나누면 배가 되고, 슬픈 일은 나누면 반으로 줄어든다는 말을 굳이 들먹이지 않더라도 수업 시간에 아주 잠깐 동안은 이야기가 하고 싶다.

우리는 마음이 맞는 친구를 만나면 기다렸다는 듯 이야기 보따리를 풀어놓는다. 그것이 무슨 내용인지 꼭 해야만 하는 것인지 잴 필요도 없다. 친구란 그런 사이다. 존재만으로도 편안함을 가져다 준다. 그런 친구 같은 선생님이 되고 싶었다. 권위와 위엄으로 가득 찬 선생님이기보다 옆집 형이나 동네 오빠 같은 푸근한 느낌을 주고 싶었다. 좋은 일이 있을 때면 한달음에 달려와 이야기하며 같이 웃어 주고, 힘들고 어려운 일이 있으면 언제라도 다가와 기댈 수 있는 그런 선생님.

우리 사회에서 교사라는 직업은 여전히 지나치게 권위적이고 딱딱하기만 하다. 선생님이 되고 나서 주변 사람들에게 가장 많이 들었던 말 중 하나가 "선생님이 그래도 되요?"란 말이었다. 뭔가 특별하거나 다른 행동을 한 것도 아닌데 사람들의 반응은 한결같이 그랬다. 고향을 묻고, 나이를 묻고 직장에 대해 궁금해하고 그런 조건들로 사람을 판단하곤 한다. 개인을 인정하고 그 사람의 내면을 보기보다 뒤를 먼저 보는 것이 우리의 자화상인지도 모른다.

학교라는 곳은 단지 배우는 곳이기 이전에 철저하게 사회와 소통하는 곳이어야 한다. 그렇기 때문에 어쩌면 그러한 특징을 유지하기 위해 구성원 모두가 힘을 모아야 한다. 그러나 지금의 학교사회는 입시 때문인지는 몰라도 지나치게 일방적이다. 성공해야 한다는 편견에 사로잡혀 있다고 해야 할까? 그러한 편견과 이기심에서 벗어나기 위해 우리는 무엇을 해야 할까?

그 과정은 분명 녹록치만은 않을 것이다. 많은 문학작품과 선인들의 지혜가 수없이 오랜 시간 우리에게 가르침을 주었지만 어느 하나 번쩍 하는 가르침을 주지 못하고 있다. 그 이유는 가르침이 부족해서가 아니라 우리가 모자라기 때문은 아닐까? 그 모자람을 그냥 놓아둘 수만은 없지 않은가. 그 밑자락 하나라도 잡아보려고 노력하고 공부하는 것. 그것이 이 시대를 살아가는 자의 몫이 아닌가 싶다. 그 모자람을 깨는 방법 중의 하나가 이야기, 즉 소통이다.

교직생활을 하면서 많은 문제아들을 경험했지만 지금까지 그들을 만나본 결과 문제아는 없다는 것이 내가 내린 결론이다. 그저 문제를 발생시킨 상황만 있을 뿐이다. 편견에서 벗어나 자세를 낮추고 다가서면 길은 그리 멀리 있지 않다. 우리 아이들에게 필요한 것은 교정이 아니라 소통이다. 소통을 하려면 그들과 이야기를 나누는 장이 필요하다. 상담이라는 틀에 박힌 장이 아닌 수업에서 그들의 이야기를 끄집어낼 필요가 있다. 그런 면에서 국어수업의 시와 소설은 아주 훌륭한 상담 소재가 된다.

이야기는 너로부터가 아니라 나로부터 시작되어야 한다. 교과서적인 이야기가 아니라 나의 치부와 모자란 점부터 이야기하면 된다. 누구나 어린 시절 정도를 벗어난 적이 한 번쯤, 아니 꽤 여러 번 있지 않은가. 그런 의미에서 성공담보다는 실패의 이야기. 잘난 사람의 이야기보다 우리의 소소한 이야기가 필요하다.

예를 들면 무조건 자율학습을 하고, 공부를 하라고 하기보다 "나도 너희들처럼 학교 다닐 때 자율학습 시간에 도망 갔다 많이 혼났단다"라고 말해준다. 그러면 기회를 잡았다는 듯 한쪽에서 "그런데 왜 우리들 보고 뭐라고 하세요?" 하고 물으면 그야 선생님이니까 당연한 거 아니겠냐고 눙치며 말을 이어간다.

"예전에 선생님도 자율학습을 꽤나 도망다녔어. 그러던 어느 날 밤 늦은 시간 집으로 가다 문득 밤하늘의 별을 보는데 너무 예쁜거야. 한참을 쳐다봤지. 그러다 난 이 시간까지 도대체 뭘 한 거지. 집에서는 학교에서 열심히 공부하고 있는 줄 아는데 이렇게 놀다가 집에 가는 난 도대체 뭐지. 그런 생각이 드니 너무 부끄러운 거야. 죄송하고 씁쓸한 마음을 안고 들어가는데 그날 따라 부모님이 고생했다며 안쓰러운 표정으로 반겨주시는데 너무 죄송하더라구. 그래서 다음날부터 부끄럽지 않게 열심히 공부할려고 했지."

그랬더니 한 녀석이 속도 모르고 "그래서 그 다음부터는 도망 안 다니셨나요?"한다. 이럴 땐 그래 열심히 공부했지 하며 거짓말을 해야 하는데, 난 이렇게 대답한다.

"아니 마음처럼 잘 안 되더라구. 그래도 전보다는 조금 나아졌고, 스스로 부끄럽지 않기 위해 노력했단다. 행동도 중요하지만 마음도 중요하잖아. 도망가느냐 공부하느냐는 누구의 명령에 의해서가 아니라 스스로의 자유의지에 따라야 하는 거야. 자신이 한 일에 대해 책임지는 것 역시 필요하고. 자율학습을 하느냐 도망가느냐의 결정에 대한 답을 선생님의 꾸짖음에 기준을 가지지 말고 너희 스스로에게 물어봐. 어렵지? 선생님의 오늘 이야기는 여기까지다."

이런 날이면 한두 명쯤 복도에서 만나면 전보다 더 장난기 있는 웃음을 지으며 아는 척하거나 자율학습을 도망가는 놈들이 한둘은 더 있기 마련이다. 누가 그들에게 돌을 던지겠느냐. 선생이기 때문에 다음날 아침이면 따끔하게 혼을 내지만 너희들을 믿는 마음은 외려 그전보다 더 강해진다. 아이들에게 이야기를 건네는 건 말이 하고 싶어서가 아니라 아이들의 이야기를 듣고 싶어서이다. 그래서 오늘도 수업 시간에 문득 옆길로 새서 이런저런 이야기를 한다. 그리고는 아이들에게 이렇게 묻는다.

"너희들은 어때?"

졸업한 아이 어머니에게
감사 인사를 받은 날

학부모에게 받은 문자

학기를 마치며 가장 많이 듣는 말 중의 하나가 "지난 일 년 동안 감사했습니다"라는 말이다. 그 말을 들을 때면 마음 한구석이 아련하게 쓰려온다. 그것은 부끄럽고 미안한 마음 때문이다. 조금 더 잘해줬더라면 하는 마음 혹은 더 열심히 노력하지 않은 것에 대한 후회와 자괴감에 얼굴을 들기가 민망해진다. 학년말이 다가오면 늘 새롭게 마음을 다잡으며 스스로 부끄럽지 않기 위해 "올해에는……"이란 말을 되뇌지만 일 년이 지나 겨울이 되면 어김없이 비슷한 다짐을 하게 된다.

졸업식이 끝나고 한참 후에 학부모에게 문자 하나가 왔다. 문자의 내용은 여느 부모님의 감사 인사와 다르지 않다. 그럼에도 불구하고 한참이나 내용을 읽고 또 읽었다. 그러다 보니 가슴 한구석이 싸하다. 이 문자 안에 담겨 있는 어머님의 진심이 느껴졌기 때문이다. 다른 어머님의 문자처럼 형식적인 인사치레라고 생각할 수도 있겠지만 문자 사이사이에 재원이와 내가 주고 받았던 이야기와 생활들이 영화의 엔딩컷처럼 눈앞을 지나간다.

졸업식날 재원이가 나에게 졸업장을 받으며 환하게 웃는다. 내가 그동안 보았던 재원이의 모습과 사뭇 다르다. 졸업식날 웃음짓는 재원이의 모습만으로도 그간의 힘들었던 일들이 가시는 것만 같다. 그래서 마음 속으로 '그래 너도 고생 많았다' 하고 말해본다. 이제 너도 졸업과 함께 무거운 짐 내려놓을 수 있겠구나. 물론 사회에 나가면 더 힘들고 어려운 일들이 많다는 걸 모르는 바 아니다. 그럼에도 불구하고 아직 일어나지 않은 일들 때문에 그 아이의 환한 웃음까지 깨버리고 싶지는 않다.

재원이는 학교 다니는 동안 참 많이 힘들어했다. 소위 말하는 학교 부적응자였다. 문제아는 아니었지만 학업성적이 자꾸 떨어져 학교 수업이나 생활에 적응을 못했다. 수업 시간에도 머리를 박고 잠을 자기 일쑤였다. 그러다 보니 문제학생으로 낙인찍힐 수밖에 없었다. 한번 문제학생으로 인식되면 늘 두발이나 복장, 생활습관 문제로 학생부를 들락날락거릴 수밖에 없다. 때로는 수업 시간에 사라져

매점이나 학교 밖을 배회하기도 했으며 지각과 결석이 잦아 담임인 나와의 관계도 그리 좋지 않았다.

시간이 갈수록 학교에서 재원이의 모습은 주눅 들어 있고, 어딘가에 발붙이지 못하는 이방인 그 자체였다. 학교 안으로 아이를 끌어들이고 싶었으나 입시라는 틀 속에서 재원이는 소외된 자일 수밖에 없었다. 학교라는 공간은 누구에게나 열려 있고 평등한 곳이어야 하지만 재원이는 아니 재원이와 같은 아이들에게는 더 이상 열린 공간이 아니었다. 담임교사의 입장에서 다른 아이들과 형평에 어긋나게 대할 수도 없었다. 늘 겪는 일이지만 이러한 상황에 이러지도 저러지도 못하는 딜레마에 빠질 수밖에 없다. 아이를 온전한 길로 이끄는 것. 그것은 분명 교사의 소임이다. 그렇다면 이 아이를 어떻게 하는 것이 올바른 길일까? 다른 아이들과 똑같이 대해야 하나 아니면 조금은 풀어주는 게 맞는 것일까?

영원한 숙제이겠지만 내가 할 수 있는 유일한 방법은 아이를 믿어주는 것이었다. 끊임없이 불협화음이 일더라도 내가 아닌 아이의 입장에서 세상을 바라보는 것이 필요하다. 재원이에게는 수학과 영어 문제를 맞추는 것보다 세상을 어떻게 사는지에 대해 이야기해 주는 것이 더 필요한지도 모른다. 지금 이곳에서 소외된 것이 아니라는 것을 알려주어야 한다. 너도 가치있는 존재라는 것을.

힘들게 버텨왔던 재원이가 수능이 끝난 후 아르바이트를 시작했다고 했다. 아르바이트를 하면서 재원이의 얼굴이 많이 밝아졌다. 학교생활보다 분명히 힘들고 어려울 텐데 재원이는 오히려 즐거워 보인다. 공부와 대학이 전부가 아니라는 것을 재원이는 나에게 몸으로 보여주고 알려준다.

아르바이트 때문에 상담을 요청한 어머님께 위험한 곳이 아니니 계속 하게 하는 것도 괜찮겠다고 전하며 이러한 생활도 재원이에게 좋은 공부가 될지도 모른다고 이야기한다. 그렇게 한달 동안 아르바이트를 하고 부모님께 선물까지 드렸다는 녀석의 말에 "선생님에게 줄 건 없니" 하고 농을 쳤더니 "벌써 다 써버렸는데요" 하며 사라지는 뒷모습에서 더 이상 그늘을 찾아볼 수 없다.

재원이는 대학을 진학한 아이들보다 어려운 조건에서 힘들게 살 수밖에 없을 것이다. 그럼에도 불구하고 지금 보이는 재원이의 얼굴은 여전히 밝고 환하다. 조금 덜 가지더라도 행복할 수 있다는 것. 원하는 것을 다 가질 수 없고 할 수 없을지라도 누구나 위만 바라보고 더 많이 가지려고만 하는 때에 조금은 덜 가지더라도 같이 행복해질 수 있는 사회를 재원이가 이해하고 느꼈으면 싶다. 비록 그 모습을 바라보는 어머님의 마음은 안타깝겠지만 말이다, 그 마음 충분히 이해하지만 어머님께 마음 속으로 이렇게 답장을 보낸다. 재원이가 졸업하며 웃음 짓는 모습을 본 그 순간 "올 한 해 제일 멋진 제자였습니다" 하고.

십 년이 지난 후쯤 어딘가에서 열심히 일하고 있을 재원이를 만나는 상상을 해본다. 그때 녀석은 이렇게 말할 것이다. "그때 선생님 말 잘 듣고 열심히 할 걸 그랬어요. 지금 생각해 보니 그때는 제가 너무 어렸나 봐요." 그러면 가슴이 아플 것 같다. 내가 후회하지 않도록 바로잡아 주지 못한 것을 안타까워하겠지. 그렇게 미안하고 안타까워하면서도 그 아이에게 마음 속으로 이렇게 이야기할 것이다.

'그래도 넌 그런 경험 때문에 다른 아이들이 모르는 걸 배웠고, 적어도 인생을 허비하지는 않았잖아. 그리고 지금도 여전히 늦지 않았어. 한 발자국, 열 발자국쯤 늦을 수는 있지만 넌 지금 분명히 빠른 길을 가고 있는지도 몰라.'

어디에 어떤 모습으로 있든 중요한 것은 삶의 철학과 가치이다. 그 철학과 가치를 학교에서 올곧게 가르칠 수 있는 방법은 없을까? 그에 대해 고민하고 방법을 실천해보는 것은 앞으로 나의 학교생활에서 가장 중요하고 오래도록 해야 할 고민이 아닌가 싶다. 어쩌면 우리 모두에게 진정으로 필요한 것은 그것인지도 모른다.

Part 4

선생님의 잔소리

학교는 사회의 축소판이야.

지금 이곳에서 우리가 하는 작은 행동들이

얼마나 중요한지 알았으면 해.

누군가 하겠지 하는 생각은 굉장히 위험해.

이런 모습으로 사회에 나간다고 해서

그 사람이 갑자기 변하겠니?

절대로 변하지 않을 거야.

왜냐하면 몸에 배어 있지 않으니까.

내가 너희를 변화시키는
선생님이 될 수 있을까

아침 조회시간 잔소리

새 학기가 시작된 지 한 달쯤 지나자 아이들이 슬슬 헤이해지기 시작한다. 처음의 설레임과 낯섬이 익숙해지면서 여기저기 삼삼오오 모여 떠드느라 정신이 없다. 아침이면 조용히 자리에 앉아 공부하던 녀석들이 이제 담임인 내가 보이지 않으면 기다렸다는 듯이 패거리를 지어 떠드는 데 정신이 팔려 있다. 그런 아이들의 마음을 이해하지 못하는 것은 아니지만 일 년이라는 긴 호흡을 유지하기 위해 여기서 끊어 주지 않으면 아이들이나 나나 고생할 것이 뻔하다. 그간의 경험에서 오는 지혜라고나 할까.

교실 여기저기에 쓰레기가 보여도 누구 하나 신경 쓰지 않는다. 아침부터 직접 교실을 치우러 비를 들고 다녀도 겨우 발이나 들어줄 뿐 아무도 나서지 않는 모습을 보며 마음이 편치 않다. 이제 아이들에게 쓴소리를 할 때가 된 듯하다. 아침 조회시간 다른 날과 다르게 진지하고 무거운 표정으로 아이들을 불러본다.

"얘들아!"

나의 이런 마음가짐을 전혀 모르는 듯 교실은 여전히 시끌벅적하다. 다시 한 번 아이들을 불러 보지만 교실의 소란스러움은 여전히 가라앉지 않는다. 하는 수 없이 소리를 내지른다. 소리 지르는 것을 참 싫어하지만 지금의 교실 분위기를 잡기 위해서는 어쩔 수 없다. 갑자기 교실 분위기가 냉랭해진다. 어쩔 수 없이 소리를 지르기는 했지만 이런 식의 변화를 원하는 건 아니었다.

"조회는 아침마다 선생님이 들어와서 너희들의 얼굴을 보며 하루를 시작하는 시간이야. 조회는 학교에서 일어나는 일정과 안내사항을 전달하는 시간이지만 선생님은 그것보다 너희들과 이런저런 이야기를 나눌 수 있어 좋아해. 그런데 너희들끼리 떠드느라 내 이야기에 집중하지 않는 건 받아들이기 쉽지 않다.

너희들도 경험해서 알겠지만 선생님은 단지 전달사항을 알려주는 그런 사람이고 싶지 않다. 또한 너희와 내가 반의 구성원으로서 함께 이곳을 만들어가야지 나는 지시하고 너희는 따르는 관계를 사제간이라고 할 수 없어. 아침 일찍 오면 선생님이 제일 먼저 하는 게 뭔지 너희들도 잘 알지? 전날 자기주도학습으로 더러워진 교실을 치우는 거야. 선생님 역시 이 교실의 구성원이기 때문에 너희를 시키지 않고 직접 하는 거란다. 지금 내 말이 그걸 고마워해달라거나 알아달라고 하는 건 결코 아니야.

하지만 요 며칠 너희들이 하는 행동을 보고 선생님은 조금 실망했어. 이 교실이 우리 모두가 사용하는 곳이라면 누구든지 자기 공간처럼 생각해야 하는데 너희들의 모습은 전혀 그렇지 않아. 교실에 아무데나 쓰레기를 버리고, 쓰레기가 떨어져 있어도 청소시간까지 누구 하나 주우려고 하지도 않지. 주번이나 청소 당번이 할 일이라고 생각할지도 모르겠다. 물론 주번이나 청소 당번은 당연히 청소를 해야겠지. 하지만 쓰레기를 처음으로 본 사람이 치워도 되지 않을까?

학교는 작은 사회야. 선생님이 왜 이렇게 흥분하는지 이해할지 모르겠지만 지금 이곳에서 우리가 하는 작은 행동들이 얼마나 중요한지 알았으면 해. 지금 단지 내 한 몸 편하기 위해서라든가 누군가 하겠지 하는 생각은 굉장히 위험해. 이런 모습으로 사회에 나간다고 해서 그 사람이 갑자기 변하겠니? 절대 변하지 않을 거야. 왜냐하면 몸에 배어 있지 않기 때문이지.

선생님이 조회를 하려고 몇 번이나 너희들을 불렀는데도 불구하고 너희들은 자기 일에만 정신이 팔려 있었어. 바닥에 쓰레기를 버리거나 쓰레기를 보고도 줍지 않고 수업 시간이 다 되어가는데도 누구하나 나서서 칠판을 지우지 않아. 그것은 누구 한 사람의 잘못이 아니라 우리 모두의 잘못이야. 앞으로 우리 반 교실은 모두가 함께 만드는 곳이었으면 한다. 오늘 선생님이 왜 아침부터 너희에게 화를 내고 잔소리를 했는지 잘 생각해 보았으면 한다."

《트레버》라는 책이 있다. 어느 날 사회 선생님 루벤은 아이들에게 '세상을 변화시킬 수 있는 아이디어를 생각하고 실천하라'는 특별과제를 내준다. 이 소설의 주인공인 트레버는 자신이 세 사람에게 도움을 주고, 그 세 사람이 각자 또 다른 세 사람에게 도움을 준다는 'Pay It Forward(다른 사람에게 베풀기)' 운동을 고안했다. 그리고 그 것을 실천에 옮기다 보면 사회도 변할 것이라고 생각했다.

루벤이 아이들에게 내준 특별과제를 우리 반 교실에도 옮겨 보면 어떨까 하는 생각을 해본다. 조금이라도 교실과 학교가 변하지 않을 까? 물론 쉽지 않을 것이다. 실패할 수도 있다. 하지만 실패하더라 도 작은 변화라도 시도해보고 싶다. 실패를 두려워하지 않고 끊임없 이 변화하는 것은 힘들지만 해야만 하는 일이다.

사실 아이들에게 이런 이야기를 할 때마다 더욱 부끄러워지는 것 은 내 자신이다. 아이들에게 이런 행동을 하는 게 어떻겠냐고 말할 때마다 항상 스스로에게 묻는다.

"넌 잘하고 있니?"

아이들에게 하는 말은 아이들의 변화인 동시에 내 스스로의 삶에 대한 반성이자 실천이기도 하다.

선생님은 너희를 통해
내 자신을 돌아봐

자기주도학습 신청서

월말이 다가오면 교실에 여러 신청 양식이 줄을 잇는다. 한두 명이 아니라 400여 명이나 되는 아이들의 신청 내용을 확인하기 위해서는 담임선생님들의 협조 없이는 일이 쉽게 끝나지 않는다. 급식 신청서를 비롯하여 자기주도학습 신청서 역시 이즈음에 빠지지 않는 신청서이다.

자기주도학습 신청서를 확인해 보니 몇몇 아이들이 지난 달과 달리 자기주도학습을 신청하지 않았다. 어떤 이유인지 궁금해서 개별적으로 불러 이유를 물어본다. 대부분 학교에서 공부가 잘 안 된다거나 모자라는 과목을 보충하기 위해 학원이나 개인과외를 받기 위해서라는 이유를 댄다.

오늘도 한 여학생이 자기주도학습을 하지 않겠다는 표시를 해놨기에 아침 자습시간에 잠깐 불러 이유를 물어본다.

"이번 달에는 자기주도학습을 신청하지 않았던데 무슨 특별한 이유라도 있는 거니?"

내 질문에 아무런 답도 내놓지 못하는 것을 보니 특별한 이유가 있어 보이지 않는다. 한참을 머뭇거리더니 "집에서 한번 해보려고요"라고 마지못해 대답한다.

예전과 다르게 자기주도학습을 강제로 시킬 수 없기 때문에 아이들의 의견을 최대한 반영해 주려고 하지만 이런 경우는 아이에게도 크게 도움이 되지 않을 것 같아 조심스럽게 말을 꺼내본다.

"공부하기가 쉽지 않지. 아침 일찍 나와서 저녁 늦게까지 자율학습을 하는 게 쉬운 일은 아니야. 뭐가 제일 힘들어? 체력적으로 힘든 거야, 아니면 공부하는 게 힘든 거야?"

이런 물음에 역시나 아무런 답이 없다. 그래서 하는 수 없이 일방적으로 이런저런 이야기를 한다.

"공부하는 건 너뿐만이 아니라 누구에게나 힘들고 하기 싫은 거야. 중요한 건 그걸 견뎌내면서 내 삶에 도움이 되는 방법으로 이끌어가는 게 아닐까? 살다 보면 꼭 좋은 일만 하면서 살 수 없는 거니까. 그리고 자기에게 도움이 되는 것은 쓴 약처럼 힘들고 어려운 경우들이 더 많아. 그걸 이겨 내고 극복해야만 지금보다 더 클 수 있다고 선생님은 생각해.

그동안 선생님은 네 모습에서 어떤 열정도 성실함도 찾아볼 수 없었어. 만약에 네가 자기주도학습 시간에 누구보다 열심히 노력하는 모습을 보였다면 선생님은 집에서 공부해도 된다고 했을 거야. 그런데 넌 그냥 공부가 잘 되지 않으니 환경을 바꾸어 보겠다고 하는 거잖아. 단지 환경만 바꾼다고 해서 갑자기 공부가 되진 않을 텐데. 열심히 하는데도 불구하고 능률이 오르지 않는다면 환경도 바꾸어 보고 방법도 바꾸어 보는 게 맞아. 그런데 선생님이 판단하기에 너는 집에서 공부한다고 해서 특별히 달라지지 않을 거란 생각이 든다. 공부가 아니라 무엇을 하든지 열심히 하는 게 가장 중요해. 그 기본을 지킨다면 조건과 환경이 달라진다고 해도 꾸준히 자신의 삶을 온전히 유지할 수 있을 거야. 하지만 기본을 지키지 않은 상태에서 조건과 환경을 바꿔봐야 그 결과는 크게 달라지지 않을 거야.

지금 당장 자기주도학습을 하라고 하는 것은 아니야. 선생님이 이야기한 것을 잘 새겨듣고 오늘 집에 가서 곰곰이 생각해봐. 지금 상황에서 네가 해야 할 일이 무엇인지. 그리고 그 일을 하기 위해 무엇을 어떻게 해야 할지 말이야. 그리고 나서 선생님하고 다시 이야기하도록 하자.”

이렇게 말하고 나서 아이의 어깨를 툭 친 뒤 “잘 생각해봐!”라는 말을 전해주고 교실로 들여보낸다. 아이들을 상담하는 여러 가지 방법이 있겠지만 가장 중요하다고 생각하는 것은 아이들 스스로 자신의 생활을 돌아보는 계기를 만들어주는 것이다. 무의미한 일상의 반복 속에서 자신을 되돌아보고 동력을 되찾는 것은 무엇보다 나로부터 시작되어야 하기 때문이다.

그 아이에게 던진 말은 어쩌면 내 스스로에게 하고 있는 말인지도 모른다. 아이의 뒷모습을 보며 나는 지금 학교생활에 교사로서 얼마나 기본을 지키고 열심히 살고 있는지 다시 한 번 생각해본다.

진심이 담기지 않으면
용서하기 힘들어

수업중 휴대전화 사용

버스를 타고 다니거나 길을 걷다 보면 너나 할 것 없이 휴대전화를 들고 다니는 경우가 많다. 간혹 카페에 모여 대화를 하면서도 휴대전화에 눈을 빼앗긴 채 이야기를 하는 것인지 휴대전화를 하는 것인지 알 수 없을 때가 많다. 비단 어른들만의 문제가 아니다. 아이들 역시 휴대전화 때문에 여러 가지 문제가 발생하는 경우가 많다. 공부하는데 방해가 될 뿐 아니라 고가의 기기이다 보니 분실이나 도난 사건이 발생하는 경우도 종종 있다. 물론 가장 중요한 것은 어떻게 사용하느냐는 것이다. 모두들 알아서 잘 사용하면 좋겠지만, 현실은 그렇지 않아 아이들에게 주의를 주거나 부득이하게 압수하는 경우도 종종 벌어진다.

수업 시간에 선생님의 눈을 피해 휴대전화를 만지작거리는 아이의 전화를 압수했다. 종이 울리자마자 따라 붙으며 여러 가지 핑계를 댄다. 잠시 시간을 확인했다고 하길래, 시간을 확인하는 데 그리 오래 걸리냐는 말에 메시지가 와서 확인하고 답을 했다고 그제야 대답한다. 휴대전화를 돌려 달라는 아이의 말에 지금은 돌려줄 수 없으니 무엇을 잘못했는지 잘 생각해보고 나중에 오거라 했다.

종례가 끝난 후 찾아 온 아이는 "선생님 죄송합니다. 다시는 수업 시간에 휴대전화 쓰지 않을게요. 돌려주시면 안 될까요?" 한다. 그래서 "어떤게 죄송한데? 뭘 잘못했는데?"라고 물으니 "수업 시간에 휴대전화 쓴 것 잘못했습니다." 하는 것이다. 이 아이의 미안하다는 말은 자신의 잘못을 뉘우친 것인지 휴대전화를 돌려받기 위해 하는 말인지 잠시 고민해 본다.

아이들은 대부분 잘못을 저지른 경우 그 상황을 모면하기 위해 핑계를 대거나 무조건 잘못했다고 이야기하는 경우가 많다. 어떤 잘못에 대해 사과를 하고 용서를 구할 때에는 내 행동이 왜 잘못되었는지에 대해 진지하게 고민하고 앞으로 그런 일이 다시 일어나지 않도록 해야겠다는 결심이 필요하다. 내가 아이에게 시간을 준 것은 그 시간 동안 자신의 행동에 대해 고민하고 반성하기를 바라는 마음에서다. 하지만 아이의 말과 행동에는 전혀 마음이 담겨 있지 않은 것 같아 씁쓸하기만 하다. 하지만 이런 부분까지 알려주어야 하는 것 역시 교사의 역할이라 생각하며 차분히 아이에게 이야기를 시작한다.

"휴대전화를 쓰는 걸 뭐라고 하는 게 아니야. 그래 쓸 수도 있겠지. 하지만 언제 어떤 상황에서 그걸 사용하느냐가 더 중요한 거야. 아주 급한 일이 있다면 지금 당장 해결해야 할 일이라면 수업 시간이더라도 선생님에게 양해를 구할 수 있겠지. 하지만 그런 경우는 아니었지? 지금 당장 해야 하는 일이 아니라면, 수업 시간이 끝난 후에 하면 되잖아. 수업 시간은 선생님과 너의 약속이고 너희반 모두와의 약속이야. 선생님은 수업을 열심히 하고 너는 그 수업을 열심히 들어야 하는 것. 너무나 당연한 일이지. 너는 그 당연한 일을 지키지 않은 거지.

선생님은 네가 휴대전화를 쓰는 걸 몇 번이나 봤어. 처음에는 너한테 눈빛을 보내고 그 다음에는 네 자리 근처로 다가갔는데 너는 잠깐 책상서랍에 넣어뒀다가 내가 눈길을 거두면 다시 휴대전화를 꺼내더라. 그건 선생님을 속이는 행동이잖니. 너의 행동이 정당했다면 굳이 그럴 필요가 없었겠지. 네 스스로 해서는 안 될 행동을 하고 있다는 걸 잘 알고 있으면서도 그 행동을 한다는 건 너를 속이는 동시에 선생님을 무시하는 행동이라고 생각한다.

한 가지만 더 이야기한다면 우리 학교에서는 아침에 휴대전화를 걷어 저녁에 다시 돌려주지. 굳이 휴대전화를 써야 한다면 담임선생님의 허락을 얻고 사용하도록 되어 있어. 그렇다면 아침에 제출해야만 하는 휴대전화가 너의 손에 있다는 건 담임선생님과의 약속도 어긴 거야. 만약에 아침에 잊어서 제출하지 못했다면 나중에라도 제출하거나 조심해서 보관해야지. 그런데도 수업 시간에 사용했다는 것은 고의로 제출하지 않았다고 생각할 수밖에 없지 않을까? 너는 별것 아닌 일이라고 생각하겠지만 선생님 눈에는 이렇게 많은 잘못이 보이는데 넌 어떠니?"

고개를 숙인 그 아이는 더 이상 말이 없다. 지금 그 아이의 머릿속에는 휴대전화를 가지고 돌아가는 것이 가장 중요할 테니 내가 하는 말이 들리기는 할지 의문이다. 다음부터는 절대 그러지 말라는 주의를 주고 휴대전화를 건넨다. 이내 얼굴빛이 환해지며 고맙다는 인사를 하고 나간다.

어느 수업 시간 휴대전화를 만지작거리는 아이를 보고 아이들에게 이렇게 이야기한다.

"선생님이 수업 시간에 수업을 하다가 말고 휴대전화를 받으면 너희들은 어떻게 생각하겠니? 기분이 좋지 않겠지. 선생님 역시 마찬가지다. 너희들이 수업 시간에 휴대전화를 사용하는 걸 보면 무시당한다는 느낌을 받는다고 해야 할까.

자, 잘 생각해보자. 휴대전화가 없었을 때도 우리는 잘 살아왔어.

집에 있는 전화만으로도 충분했단 말이지. 그런데 요즘에는 휴대전화 증후군이라고 할 정도로 휴대전화에 푹 빠져 살아. 집에서도 버스나 전철 안에서도 심지어 친구와 단 둘이 대화를 나누고 있을 때조차 휴대전화를 손에서 떨어뜨리지 못하지. 아마 휴대전화가 없다면 아무 일도 하지 못할 거야. 무엇이 우리를 그렇게 만들어 놓았을까? 물론 휴대전화로 인해 우리 삶이 더 윤택해진 것도 사실이야. 그런데 휴대전화로 인해 우리가 놓치는 더 많은 것들이 있지 않을까.

버스를 타고 다니면서 더 이상 창밖을 내다보지 않게 되었어. 또 약속시간에 조금 늦더라도 미안해하지 않아. 전화하면 되거든. 조금 일찍 나가 기다리는 것은 상상하기조차 힘들어. 좋아하는 사람을 기다리는 그 시간이 얼마나 행복한지 너희들은 잘 모를 거야. 그 가슴 떨리는 마음을 말이야. 그것뿐만이 아니야. 휴대전화를 사용하면서 주변 사람들을 배려하지 않아. 그 공간에서 오직 내가 제일 중요할 뿐이야. 그래서 공공장소에서 벨소리가 울리게 해놓고 큰소리로 통화를 해. 나는 듣고 싶지 않은데도 어쩔 수 없이 다른 사람 사정을 듣게 되지. 친구의 눈을 보고 귀를 열어야 하는데 듣는 건지 아닌지 모른 채 온통 휴대전화에 집중되어 있지.

심지어 너희들에게 가장 소중한 수업 시간조차 휴대전화에 빼앗겨 버렸잖니. 학교에서 휴대전화를 쓰지 못하게 하는 이유는 너희들이 제대로 휴대전화를 사용하지 못하기 때문이 아닐까? 우리 모두가 제대로 잘 사용한다면 그렇게 규제를 강하게 할 필요도 없었을 거야.

어떤 물건이든지 그것의 좋을 점을 살릴 때 의미가 있는 거란다. 거꾸로 물건의 노예가 된다면 그 물건에 대해 신중히 생각하고 어떻게 사용하는 게 좋은지 고민해야만 해. 선생님 역시 휴대전화 사용을 스스로 억제하려고 노력을 많이 하거든. 수업 시간이나 자율학습 시간에는 사용하지 않는 것은 물론 혼자가 아닌 경우에는 되도록 멀리 할 것. 공공장소가 아니더라도 되도록 진동으로 해놓을 것 등등 말이야.

지금 여기에 있는 사람들 모두 앞으로는 휴대전화를 생각하며 사용하는 사람이 되었으면 한다. 내가 중심이 아니라 주변 사람을 중심에 두었으면 해."

아이들은 배우면서 성장한다. 배운다는 것은 이렇게 누군가에게 듣는 것도 중요하지만 스스로 고민하고 생각할 때 더 의미 있을 것이다. 굳이 휴대전화가 아니더라도 우리의 아이들이 올바른 가치에 대해 생각하며 자신의 생활과 행동을 스스로 돌아보고 반성하면서 자신의 길을 묵묵히 갈 수 있었으면 한다. 나의 아이들이 그리고 모든 아이들이 말이다.

시간은 빠르게
지나가 버린다

쉼표, 여유를 가지는 시간

'느리다'의 반의어는 '빠르다' 정도이다. '느리다'와 비슷한 말은 '천천히'이거나 '여유롭다' 정도이다. 하지만 이런 사전적 정의와 다르게 현실에서 느림과 빠름은 정도의 문제이며, 그 기준에 따라 얼마든지 다르게 정의될 수 있다. 개념이란 결코 완전할 수 없다.

실제로 시간을 어떻게 느끼고 경험하느냐에 따라 시간은 매순간 다르게 인식된다. 찰나의 순간이 영원처럼 길게 느껴지기도 하고 그렇게 길 것만 같던 인생도 지나고 나면 순간이라는 것은 철학적 잠언이 아니더라도 자신의 경험을 통해서도 익히 느꼈을 것이다. 다만 놓치고 살아갈 뿐.

지나간 학창시절을 생각해보라. 이미 사회에 나가 어른이 된 이들에게 그 긴 학창시절의 경험은 한낱 추억 속 앨범의 한 장으로 남아 있을 뿐이다. 스냅사진처럼 한 장 한 장 눈 앞을 주마등처럼 그렇게 흘러가 버린다. 그러나 지금 이 순간 그 스냅사진 속에 있는 우리의 아이들에게 하루는 길기만 하다. 하루가 지리한데 한 달 그리고 일 년은 어떻게 다가올까? 지나고 나면 순간이더라는 말은 이미 경험했거나, 나이를 한참 먹고 난 후에나 할 수 있는 헛된 말이다.

나 역시 아이들에게 자주 '헛된' 말을 하게 된다.

"시간은 빨리 간다. 어 하는 순간 졸업식장에 서 있는 너희의 모습이 그려지지 않니? 잠깐 방심하면 어느새 나이 들어 있을지도 몰라. 하루는 길어도 한 해는 짧기만 하고 인생은 순간이거든."

이런 말을 던지면 아이들은 농담이라고 생각하거나 나이 많은 선생님이 젊음을 질투하는 줄 알고 대수롭지 않게 받아들이며 낄낄 댄다. 그 모습을 보며 속으로는 '그래 녀석들아. 지금은 웃지만 조금만 지나면 너희들도 이 선생님의 마음을 알 때가 올 거야'라며 아이들을 지그시 바라본다.

다른 한편으로 십 년의 시간보다 더 긴 하루하루를 사는 아이들에게 매일 내가 하는 것이라고는 나태해졌다며 다그치는 것뿐이다. 시간이 얼마 남지 않았다며, 너희들이 지금 그럴 때냐며, 세상이 얼마나 무서운 줄 아느냐며 혹은 지금 잠이 오냐며 아이들에게 정신차리라며 위협을 가하고 있다. 그렇게 하루보다 더 짧은 삼 년이라는 시간을 사는 아이들에게 무엇이든지 해내야 한다고. 지금 순간이 너희들의 평생을 좌우한다고, 여유 없으니 그저 앞만 보고 달려야 한다고 이야기한다.

그래서 그런지 학교에 있다 보면 유난히 계절에 둔감해진다. 교실 안에서 대부분 시간을 보내기 때문이지만 여전히 학교라는 곳은 유난히 춥고 더운 곳이다. 계절이 왔는지 가는지도 모른 채 오로지 공부에만 빠져 살기 때문인지도 모른다. 공부 때문이라기보다 다른 이유들이 더 많은 것도 사실이다. 시간이 지났다고 빼꼼히 고개를 내밀고 '여기 좀 봐주세요' 하고 꽃들이 손짓 해도 아이들은 도통 눈을 주지 않는다. 그러다 계절이 성큼 다가와 무더운 여름이 되면 덥다고 난리를 치고, 옷깃을 여미게 하는 겨울이 되면 춥다고 난리일 뿐이다.

봄이 되기 전 겨우내 얼었던 땅이 녹으면 땅속 깊은 곳에서 새싹들이 기지개를 펴기 위해 준비한다. 새싹은 우리가 모르는 시간 동안 빼꼼히 옹골지게 땅을 비집고 나와 주변을 살핀 후 아무도 보고 있지 않을 때 누군가를 놀라게 할 요량으로 슬그머니 올라선다. 그런 시간이 흐르고 흐르면 온통 푸르름이 가득한 교정을 보게 되고 여기저기 꽃이 흐드러진 세상에 눈이 절로 열린다. 우리들은 그저 꽃이 핀 모습을 보고서야 '봄이 왔구나' 한다. 붉은 단풍으로 변해가는 나무를 바라보는 것이 아니라 그 나무들이 제 빛깔을 잃어가고 앙상한 가지들이 가득할 때에야 '가을이네' 혹은 '가을이 가버렸구나' 하는 생각을 한다.

그렇게 시간은 일 년이, 하루가 후딱 지나가버린다. 그런 삶 속에서 여유란 무엇일까? 한도 끝도 없이 무작정 쉬는 것이나 바쁜 생활 속에 휴양지로 떠나 망중한을 즐기는 것을 여유라고 생각하는 경우가 많다. 하지만 우리에게 여유란 '잠시'일 뿐이다. 생활하는 자에게 여유란 잠시 새싹을 살펴보는 것이거나 지는 노을을 바라보며 하루를 정리하고 다시 시작하는 것이다. 매순간 잠깐 주변을 둘러보고 관심을 가지는 것이다.

요즘 학생들은 아니 우리 모두는 너무 바쁘기만 하다. 힘들기만 하다. 언제까지 매일매일을 지겨워하며 그것을 내려놓을 생각만 하며 살아야 하는가. 가끔은 그것을 버리려 할 것이 아니라 품에 안고 잠시만 하늘을 바라보는 여유와 느림을 가져보는 것은 어떨까? 가끔은 수업을 하다 창가에 서서 주변의 풍경들을 보며 아이들과 함께 이렇게 이야기하고 싶다.

"오늘 하늘이 너무 이쁘지?"

"저 산이 언제 저렇게 초록빛으로 뒤덮였지?"

나도 모르게 혼자 감탄하노라면 아이들은 낯 간지럽다는 표정을 짓거나 어울리지 않는 소리를 하고 있다는 눈빛을 던진다. 그럴 때면 보란듯이 모른 척 하며 손가락으로 풍경을 끄집어낸다.

"저기 보이지. 저건 하늘이고 구름이고 나무란다. 어때? 이렇게 잠시 짬을 가지고 보니 조금 달라 보이지 않니? 너희들의 눈에 보이는 것처럼 항상 우리 주변에 이렇게 좋은 것들이 참 많단다. 너무 정신없이 살다 보니 그걸 보고 생각할 여유가 없을 뿐이란다. 그래. 잠시만 그런 여유를 가질 시간을 오늘 한번 가져볼까. 잠시 펜을 내려놓고 책에서 눈을 떼고 내 손끝을 보렴. 이것도 공부라 생각하고 말이야."

그렇게 이야기하면 아이들은 조용히 내 손끝을 따라 주변을 둘러본다.

약속시간을 지키는 건
사람으로서 당연한 도리

매일 지각하는 아이에게

하루가 멀다 하고 지각하는 우리 반 승훈이는 오늘도 어김없이 가장 늦게 교실에 나타난다. 고등학교 3학년이 육체적으로나 정신적으로 힘든 시기라는 사실을 이해하지 못하는 바 아니지만 매일 늦는 승훈이의 모습은 이해하기 쉽지 않다. 워낙 성격이 낙천적인데다 늦어도 전혀 미안한 기색이 없어 오늘은 그냥 넘어가지 않고 혼을 낼 작정으로 아이를 부른다.

"승훈아, 선생님이 널 왜 불렀을까? 이유는 말하지 않아도 잘 알 거야. 모두들 힘들어도 학년 전체가 일찍 나와 공부하기로 되어 있지 않니. 그런데 너는 매일 이삼십 분씩 늦게 오고 있어. 오늘 같은 경우만 해도 정해진 시간보다 삼십 분이나 늦게 왔지. 한두 번도 아니고 일주일에 서너 번씩 지각한다는 건 네 생활태도에 문제가 있는 거라고 생각하는데. 네 생각은 어떠니?"

"아침에 일어나기 너무 힘들어서요. 어제 늦게까지 공부하다 보니 아침에 못 일어났어요."

늦어서 미안하다고 하기보다 이유와 변명만을 늘어놓는 승훈이의 태도에 내 마음이 누그러지기는커녕 화가 났다. 애써 화를 삭이고 승훈이에게 다시 한 번 지금 상황에 대해 설명해 준다.

"승훈아. 선생님 이야기 잘 들어 볼래. 오늘뿐만 아니라 너는 자주 늦었어. 그렇지? 그건 너도 잘 알고 있을 거다. 선생님이 너에게 이야기하고 싶은 건 지각하는 너의 모습이기도 하지만 더 중요한 것은 그 행동에 대해 너 스스로 잘못했다고 반성하지 않는 태도야.

고등학교뿐만 아니라 대학, 사회에 나갔을 때에도 시간 약속은 당연히 지켜야 하는 거야. 그것은 어떤 변명을 하더라도 정당화되기 힘들어. 물론 몸이 안 좋거나 특별한 상황이 있는 경우에는 예외이긴 하지만 말야. 하지만 지금 너는 특별한 이유 없이 등교시간을 지키지 않고 있어. 납득할 만한 이유가 없는 거지. 너 스스로는 여러 가지 이유가 있다고 생각하겠지. 그래서 매번 늦을 때마다 이러저러한 핑계를 대. 오늘처럼 늦게 일어났다거나 버스가 늦게 왔다고 이야기하지. 어떤 날은 어머님이 아침을 늦게 차려주셔서 늦었다는 이야기를 해서 선생님한테 혼이 난 적도 있지.

166

자, 생각해봐라. 너는 지금 학생이야. 학생이라면 학교에 가는 게 너의 생활에서 가장 중요한 일이겠지. 그렇다면 정해진 시간에 학교에 올 수 있도록 너의 생활을 맞춰 놓아야 해. 그런데 너는 그렇지 않거든. 입장을 바꾸어 생각해 보자. 선생님이 학교에 늦거나 수업 시간에 늦었다고 하자. 선생님 역시 어떤 이유가 있어 늦었겠지만 그런 이유들이 선생님의 행동을 정당화시켜 주지 않아. 오히려 선생님이 수업에 늦었기 때문에 삼십 여 명의 아이들이 그 시간만큼 손해 보는 거야. 그런 피해를 주지 않기 위해 늦지 않으려고 하는 건 선생님이기 때문만이 아니라 사람으로서 너무 당연한 도리가 아닐까. 물론 승훈이가 늦는다고 해서 당장 피해보는 사람이 생기는 건 아니야. 너에게 가장 큰 피해가 가겠지.

그것보다 더 중요한 것은 너의 일상이 늘 그렇다는데 더 큰 문제가 있어. 선생님이 보기에 너는 늦어도 전혀 불안해하거나 미안해하지 않아. 늦었다고 해서 뛰는 모습을 한 번도 보지 못했거든. 지나치게 여유로워. 네가 그렇게 여유로운 건 '늦을 수도 있지 뭐' 혹은 '기왕 늦은 거 뭐 달라지겠어'라고 생각해서일 거야. 네 행동이 잘못되었다고 생각하지 않는 거야. 그렇기 때문에 고치려는 생각도 없고 늦었음에도 불구하고 서두르지 않는 거야.

한 마디 덧붙이면 모든 것을 자신의 기준에서 생각하고 합리화한다는 거지. 모든 사람들이 그런 생각을 가진다면 그 공동체는 더 이상 유지되기 힘들고, 발전하기는커녕 도태되어 버리고 말거야. 지금 여기는 학교이기 때문에 잘못을 용서받을 수 있어. 그 용서라는 것도 앞으로 다시는 잘못된 행동을 반복하지 않겠다는 뜻이 담겨 있을 때 하는 거지. 그냥 순간을 모면하기 위해 하는 게 아니거든. 그런데 승훈이는 전혀 그렇지 않아.

지금은 용서받거나 이렇게 선생님에게 훈계를 듣는 것으로 끝나지만 사회에 나간다면 너는 그런 사람으로 낙인 찍힐 수밖에 없어. 사회에서는 너의 행동에 대해 아무도 뭐라고 하지 않아. 대신 학교에서처럼 용서해 주지 않아. 네가 아무리 능력이 좋다고 하더라도 그 근본과 뿌리가 제대로 되어 있지 않다면 그 누구도 좋아하지 않아. 그렇게 되면 너는 고립되고 자연히 도태될 수밖에 없겠지.

선생님이 하는 이야기를 승훈이가 잘 새겨듣고 다음부터는 그런 행동을 하지 않았으면 좋겠어. 물론 오랫동안 그렇게 살아왔으니까 쉽게 바꿀 수 없을 거야. 그래도 고쳐야 하고 고치려고 노력하는 모습을 보여야만 해. 갑자기 하루도 늦지 않고 일찍 오는 게 얼마나 힘들지는 너도 알 거야. 몇 번이나 선생님과 약속했지만 결국 며칠 지나지 않아 또 지각을 했으니까. 그건 왜 그러냐면 너 스스로 고치겠다는 의지가 없기 때문이야. 그냥 선생님이 늦으면 뭐라고 하니까 며칠 신경 쓰다가 그냥 흐지부지 되는 거야. 진심으로 자신의 생활을 고치려는 마음이 너에겐 애초부터 없었으니까.

이번이 너에게 주는 마지막 기회야. 네 스스로 고칠 기회를 주는 거야. 앞으로 또 다시 지각을 반복한다면 선생님은 너를 포기할지도 몰라. 왜냐하면 스스로 고칠 마음이 없다고 생각할 테니까. 선생님도 의미 없는 말을 매번 반복하기는 싫거든."

괘씸한 마음에 일장 연설을 하고 녀석을 돌려보낸다. 무엇인가 알아들은 듯한 표정을 짓지만 내일부터 어찌 변할지 지켜보는 것만 남았다.

승훈이와 상담을 한 후 아침 조회시간 교실에 있는 우리 반 아이들에게 이런 말을 한다.

"오늘은 선생님이 생활인이란 무엇인가에 대해 이야기하고 싶어. 생활인 하니까 조금 낯설지. 들어본 적도 없을 거고. 당연하지 선생님이 만든 말이니까. 그럼 생활인이 뭘까?"

아무도 대답하지 않는다. 대답을 요구하기 위해 한 질문도 사실 아니다. 그저 생각하는 계기를 만들어 주기 위해 던진 질문일 뿐이다.

"생활인은 말 그대로 생활하는 사람이란 뜻이지. 그럼 우리는 어떤 생활을 하고 있지. 그래 고3의 생활을 하고 있어. 아침부터 저녁까지 학교에서 장시간 공부하고 있어. 그럼 그 생활은 어때? 이제는 좀 익숙해지지 않았니? 그래도 고3이 된 지 꽤 지났으니까 이 생활에 익숙해져서 자연스럽게 행동하게 되잖아. 선생님 역시 이 학교에 오래 있다 보니 자연스럽게 출근하고 수업하고 자습 감독 하고 퇴근을 해. 집에 가면 또 한 아이의 아빠로 누군가의 남편으로 그렇게 생활하고 있단다. 부모님을 만나러 가면 자식의 도리를 하겠지. 친구를 만나면 선생님과 부모와 자식의 몫은 지운 채 친구가 되어 옛일을 이야기하고 있을 거야. 소주라도 한잔 기울이면서.

이런 행동은 머리로 생각하고 하는 게 아냐. 자연스럽게 우리의 몸에 익숙해져 있는 일들이야. 이렇게 우린 생활하고 있는 거야. 그러니 너무 어렵게 생각하지 마. 학교에서 무언가 특별한 일을 하고 있는 게 아냐. 그저 우리는 학교에서 학교에 잘 어울리는 생활인이 되면 되는 거야. 선생님은 그 모습이 가장 자연스러운 모습이라고 생각해.

내가 뭔가 대단하고 특별한 일을 하고 있다고 생각하면 몸이 경직되고 부자연스러워져. 그리고 그 일이 하기 싫어질 때도 있거든. 그런데 그 생활이 내 몸으로 의식하지 않은 채 내 안에 들어와 있으면 그냥 어떤 행동을 하더라도 길에서 벗어나지 않을 거야. 그렇게 생활에 익숙해지는 것은 습관을 어떻게 갖느냐가 중요해. 그냥 가만히 있다고 해서 생활인이 되는 게 아니라 처음부터 열심히 노력하고 그 안에 나를 맞춰나가야만 해. 그냥 멍하니 있는 게 아니라 내 몸에 완전히 익숙해질 때까지 정말 열심히 노력했을 때 생활인도 되는 거라고 선생님은 생각한다.

170

너희들이 보낸 지난 몇 달간의 고3 생활이 힘들었을 거야. 가장 힘든 시기라고 하잖아. 그런데 지금은 어떠니? 그 힘든 시간을 잘 이겨내고 큰 어려움 없이 잘하고 있잖니. 아무리 힘들고 어려운 일도 이렇게 내 안으로 끌어들이면 자연스러워지는 거야. 선생님은 너희들이 아주 잘하고 있다고 생각해. 그러니 앞으로도 열심히 아니 지금처럼만 해주면 된다. 오늘 아침에 지각한 승훈이는 지금처럼 하면 안 된다. 알았지?"

아이들은 웃고 승훈이는 멋쩍은 듯 머리를 긁고 있다. 내일은 승훈이도 여느 다른 아이들처럼 지각하지 않을 것이다. 언제까지가 될지는 모르지만. 제발 그 기간이 오래오래 갔으면 좋겠다. 지금을 위해서가 아니라 나중을 위해서라도. 그래서 그 어느 곳에서 생활하더라도 그 속에 자연스럽게 녹아드는 생활인이 되기를 바란다.

떳떳하지 못한 행동은
결국 부끄러움으로 돌아온다

무단으로 수업에 빠진 아이에게

자기주도학습이나 보충수업은 신청한 아이들만 참여한다. 학생들 스스로 결정을 내린 사항이기에 누군가의 강요에 의해서가 아니라 자신의 선택에 대해 책임지고 행동하는 모습을 보이는 게 가장 바람직할 것이다. 하지만 자신의 생활을 온전히 지키고 사는 건 어른들에게도 쉬운 일은 아님에 틀림없다. 그렇지만 쉽지 않더라도 자신과의 약속을 지키려고 노력한다는 것은 학창시절뿐만 아니라 사회에 나가서도 꼭 필요한 일이다. 약속을 어기는 것은 신뢰를 져버리는 행동이기 때문이다. 못 지킬 약속은 하지 않는 것이 좋다. 간단한 약속이라도 지키지 않는다면 서로에 대한 믿음은 깨지고 관계 역시 유지하기 어려울 것이다.

8교시 특기적성교육이나 자기주도학습은 정규수업과 다르게 출석에 영향을 주지 않는다. 그러다 보니 공부하기 힘든 시기가 오면 도망가는 아이들이 늘어난다. 병원에 가거나 개인사정으로 담임선생님에게 허락을 받고 가는 경우라면 문제가 되지 않지만 무단으로 도망가는 아이들이 생기면 이 아이들을 어떻게 해야 할지 고민이 생긴다. 무조건 혼내는 것만이 능사가 아니기 때문이다. 하지만 도망간 것에 대해 아무런 조치를 취하지 않으면 일반적으로 그 횟수가 잦아진다. 또 도망을 가는 경우 대부분 집으로 가지 않고 삼삼오오 모여서 번화가나 PC방에서 노는 경우가 대부분이다.

이렇게 놀기 위해 도망을 간 아이들은 자신과의 약속을 어겼을 뿐만 아니라 부모에게도 선생님에게도 거짓말을 한 것이나 다름없다. 자신의 행동이 아무리 정당하더라도 주변 사람들에게 본의 아니게 피해와 실망을 안겨준다면 그 행동이 과연 정당한 것인지 고민해 볼 필요가 있다.

며칠 전 8교시가 끝난 후 수학 선생님이 우리 반 아이들 세 명이 수업에 들어오지 않았다며 허락해 주었냐고 물어본다. 허락해 준 적이 없다고 이야기하고 확인해 보겠다고 했다. 집으로 전화를 하려다 부모님이 걱정하실까봐 우선 아이들에게 전화해 본다. 학교 전화번호를 알고 있는지 신호는 가지만 전화를 받지 않는다. 세 아이 모두에게 전화를 해보지만 약속이나 한 듯 신호음만 가고 받지 않는다.

어쩔 수 없이 문자를 남긴다.

"선생님에게 허락도 안 받고 어디에 가 있는 거니? 지금 당장 학교로 돌아 와. 그렇지 않으면 내일 가만두지 않는다. 올 때까지 학교에서 선생님이 기다리마."

이렇게 문자를 남겨 놓는다. 아마도 이 문자를 보고 난리가 났을 것이다. 어떡하는 게 좋을지 머리를 굴려 보지만 마땅한 답이 떠오르지 않을 것이다. 한 시간쯤 지난 뒤에 교무실로 고개를 푹 숙인 채 아이들이 들어온다. 처음에는 화가 났지만 아이들을 기다리는 동안 많이 차분해진 탓인지 들어오는 아이들에게 화를 내기보다 잘못을 설명해 주는 편이 나을 것 같아 아이들에게 묻는다.

"특기적성교육에 왜 빠진 거니? 선생님에게 허락도 받지 않고 무단으로."

무언가 이유가 있다면 이야기를 하겠지만, 놀고 싶어서 도망을 간 거라 아무 말도 하지 못한다. 반성하고 있는 모습이 보이긴 하지만 이대로 끝낸다면 또 반복될 수 있기 때문에 다짐을 받아 놓지 않으면 안 된다.

"특기적성교육은 왜 하지? 너희들이 부족하다고 생각하는 걸 채우기 위해서 하는 수업이지. 그런데 그 약속을 너희 스스로 깨버리면 어떡해. 선생님이 너희 담임인데 아무 말 없이 수업에 빠진다는 건 선생님을 무시하는 행동을 한 것이나 다름없어. 안 그래?"

"죄송합니다!"

이 아이들이 할 수 있는 말이라곤 이것밖에 없다. 학교생활을 하면서 무언가를 잘못했을 때 이렇게 이야기하는 것이 가장 좋다는 걸 알고 있다. 진심이 담겨 있지 않은 형식적인 말. 물론 지금 상황에서 그 말 외에 어떤 말을 할 수 있을까.

"죄송한 행동은 하면 안 되지. 죄송하다고 입으로 이야기하면 뭘 하니. 그렇다고 너희들이 한 행동이 달라지거나 없어지지 않아. 문제는 그거야. 그렇다면 어떻게 해야 할까. 너희들의 잘못된 행동에 대해서는 벌을 받는 게 맞겠지. 하나만 더 이야기하자. 정말 놀고 싶었다면 차라리 솔직하게 선생님에게 이야기를 하는 편이 나았을지도 몰라. 너희들의 진심이 담겨 있었다면 선생님도 허락했을 수 있으니까. 하지만 너희들은 그냥 눈을 속이고 싶었을 뿐이야. 그 행동이 수학선생님, 담임선생님, 부모님 그리고 너희 자신들에게도 좋지 않은 모습을 보여준 것이라고 생각해. 다음에는 이런 일 없도록 하자. 알겠니? 이번에는 이렇게 끝을 내지만 다음에 또 이런 일이 있다면 그땐 그냥 넘어가지 않을 거야."

이렇게 말하고 녀석들을 돌려보낸다. 이렇게 도망친 아이들을 혼내다 보면 나의 고등학교 시절이 생각난다.

선택이 아니라 강제였던 그래서 자율학습이 아닌 타율학습이라고 불렀던 그 시절. 답답함에 교실을 벗어나 자율학습이 끝나는 시간까지 여기저기 배회하며 스스로 자신의 행동이 정당하다며 자위하던 그 시절.

그렇게 보내던 어느 날. 집으로 돌아가는 밤하늘의 달은 밝았고 별은 빛났다. 그 달과 별을 보며 문득 난 뭘 하고 있는 거지, 난 제대로 살고 있는 것일까 하는 의문이 들었다. 집에 도착하니 안타까운 표정으로 "아들, 힘들지? 뭐 먹을 거라도 챙겨줄까?" 하며 온통 내 걱정뿐인 어머니의 모습에서 부끄러움 이상의 감정을 느꼈다. 떳떳하지 못한 그간의 내 모습을 돌아보며 열심히 공부할 것을 다짐하며 잠이 들었다. 잠을 깨고 난 나의 생활은 조금씩 변했다.

가끔 그 날을 아이들에게 이야기해 준다. 너희들이 도망을 가거나 부모님의 눈을 속이고 있을 때, 부모님의 생각은 오직 너희들 걱정뿐이라는 것을. 그것이 부모의 마음이라는 것을. 지금 당장의 편안함과 즐거움도 중요하겠지. 하지만 그 즐거움은 남을 속이고 자신을 부끄럽게 만드는 행동이니 즐거움을 조금 더 가치 있는 다른 곳에서 찾아주기를 바라는 것이 선생님의 마음이다. 스스로에게 떳떳하고 그 행동으로 인해 상처받는 사람이 없도록.

물건의 가치는 가격이 아니라
거기 담긴 추억에 있다

분실 또는 절도

아이들이 모두 집으로 돌아간 수요일 저녁. 퇴근하려다 교실 문이 열려 있어 문을 닫으려고 교실에 들어섰다. 아이들이 모두 돌아간 교실 여기저기에 체육복, 문제집, 심지어 교과서까지 사물함이나 책상 위에 그대로 놓여 있다.

아이들의 가방이 너무 무거워 성장하는 아이들에게 좋지 않은 영향을 줄까봐 만들어 놓은 사물함은 그저 무용지물인가 싶다. 체육시간이 끝나고 나면 체육복 한두 개쯤은 운동장에 그대로 있고, 누구 하나 찾으러 오지 않는다. 여유로운 살림 탓인지 버려지는 물건들이 너무 많다. 이름표가 있는 경우에 아이를 불러 전해주지만 이름도 없는 물건은 보관해 놓아도 찾아가는 아이들이 거의 없다. 가치의 문제가 아니라 자신의 물건을 소중하게 간직해야 한다는 생각들이 도통 보이지 않는다.

교실에 있는 물건들인지라 여기저기 주섬주섬 모아 챙겨 놓고 내일 아침 찾아가라고 해야 할 판이다. 다음 날 아침 몇 번이나 이야기 해야 겨우 자신의 물건을 찾아가는 아이들을 보는 마음이 못내 씁쓸 하다.

"이 녀석들아. 체육복이고 책이고 모두 돈 들여서 산 것들인데 그렇게 아무 곳에나 내버려 두면 어쩌니. 그래서 잃어버리면 또 사야 하잖니. 너희들 돈 들여 산 물건이 아니라고 해도 부모님이 힘들게 일해서 사주신 것인데 이렇게 버려두면 어쩌니. 누가 가지고 가면 어쩌려고. 사물함 있으니 꼭 챙겨놓아라. 다음부터는 선생님이 챙겨 주지 않는다."

이렇게 말은 하지만 아이들의 이런 모습은 이미 습관이 되었는지 쉬 고쳐지지 않는다. 자신의 물건을 간수한다는 것은 그 가치의 높고 낮음과는 별개의 문제이다. 가격이 싼 물건이든 비싼 물건이든 소중하게 간직해야 하는 것은 인지상정이다. 절약을 운운하지 않더라도 말이다. 물자가 넉넉한 환경 속에서 별 어려움 없이 살다보니 생긴 습관들이리라. 무엇하나 모자랄 것 없이 자란 아이들이니 오죽 하겠느냐. 갖고 싶은 물건을 가지기 위해 오랫동안 공 들이고 용돈 을 절약하고 버스비를 아껴 걸어 다니며 모은 돈을 가지고 산 것과

178

어찌 비교할 수 있겠는가. 이런 이야기를 아무리 해도 아이들에게 그저 먼 나라의 일일 뿐이다.

그런 탓인가. 휴대전화나 MP3 플레이어와 같은 고가의 물건들도 아무렇지 않게 빈 교실에 덩그러니 놓여 있는 경우가 있다. 욕심이 없던 사람도 그런 상황에 놓이면 스스로를 제어하지 못할 수 있다. 간혹 물건이 없어져도 아이들은 대수롭지 않게 여긴다. 심지어 물건을 잊어버리면 더 좋은 것을 살 수 있는 기회로 받아들이는 아이도 있어 그런 아이들을 볼 때면 가슴이 턱 하고 막힌다.

몇 년 전에 MP3 플레이어가 너무 많이 없어져서 수소문 끝에 가져간 아이들을 잡은 적이 있다. 그 아이들을 조사하면서 가장 놀랐던 일은 물건을 가져간 사실보다 그 아이들의 태도였다. 물건을 가져간 것에 대해 대수롭지 않게 생각하거나, 훔친 물건을 사고팔기까지 했다는 것이다. 고가의 물건을 대하는 아이들의 태도나 남의 물건을 가져가는 아이들의 모습을 보면서 이 아이들이 무엇 때문에 이렇게 되었을까 하는 씁쓸함과 자괴감이 들기까지 했다. 무언가를 소중히 여기지 못한다는 것은 단지 물건의 문제에서 끝나지 않는다. 사람까지 그저 필요로 바라보는 아이들의 모습이 눈에 뜨일 때마다 세태를 탓하고만 있을 수는 없다.

가장 중요한 것을 아이들이 놓치고 있다는 생각이 든다. 그것은 세월이 흘렀기 때문에 변해버린 것에 대한 안타까움이 아니라, 절대 변하지 말아야 할 것들까지 변한 것에 대한 안타까움이다. 소중히 간직해야 하는 것은 그 물건의 가격에 있는 것이 아니라 그것에 대한 가치의 문제이다. 내 인생에 있어 정말 가치 있는 것은 그것에 담겨 있는 나의 추억과 감정의 선들이다. 지금 아이들에게 필요한 것은 바로 그것들을 되살리는 것이다. 대수롭지 않게 생각하는 물건에 의미를 주고 그것에 추억이란 이름을 부여하고 자신의 삶으로 끌어들인다면 물건을 저렇게 내버려두지 않을 텐데 말이다.

선생님을 설득하려면
신선한 아이디어가 필요해

창의적인 조퇴 사유

아이들에게 자기주도학습의 선택권을 주게 된 것은 청소년 인권 조례안의 영향이다. 아직도 일부 학교에서는 여전히 강제성을 띠지만 경기도 교육청의 인권 조례안이 시행되고 난 후 강제성이 사라지고 동시에 10시를 넘길 수가 없어 지금은 모든 학교들이 같은 시간에 끝마친다.

인권 조례안이 처음 시행될 때에는 여러 가지 진통을 겪었다. 새로운 제도의 도입은 늘 찬성과 반대의 의견들이 첨예하게 대립하고 자신의 주장만을 내세우며 도입과 실시에 따른 여러 의견들이 여기저기에서 튀어나왔다. 하지만 개인적으로 학생들의 수면권이나 인권을 떠나 학교에서 11시까지 매일을 보내야만 하는 것은 지나치게 가혹하다고 생각한다.

아침 7시에 등교하여 무려 11시까지 남아 있다고 하면 학생들이 학교에 머무르는 시간은 무려 열여섯 시간이다. 등하교 시간까지 포함한다면 집으로 돌아간다 해도 학생들의 휴식시간은 턱없이 부족하기만 하다. 비록 한 시간 정도 줄어들기는 했지만 한 시간만으로 학생들의 얼굴을 밝게 만들기는 무리가 있다.

자기주도학습은 현재 학생들의 자발적인 선택에 의해 진행되지만 독서실 편성이나 반편성 시 자기주도학습을 얼마나 열심히 했느냐에 따라 평가 자료로 삼는 경우도 있고 담임교사가 학교에서 공부하도록 설득하는 경우도 있다. 여러 가지 통계 자료를 보더라도 우리나라의 고등학생들이 학교에 남아 있는 시간은 가혹하리만큼 길다. 이에 비해 학력은 다른 나라들에 비해 그리 높지 않은 것을 보면 그 시간과 학력은 큰 상관관계가 없다고 보아야 하지 않을까?

종례시간이 끝나고 나면 늘 교무실에는 학생과 선생님 사이에 실랑이가 벌어지는 모습을 적지 않게 목격할 수 있다. 자율학습을 빼달라고 찾아오는 학생들의 이유도 각양각색이다. 아프다는 것이 가장 대표적이고 학원 보충이 잡혔으니 조퇴시켜 달라거나 때론 오늘 하루만 빼주시면 내일부터 열심히 하겠다는 등 각종 이유들을 가지고 담임선생님을 찾아온다. 그냥 조퇴시켜 주면 될 거라고 생각하지만 온갖 핑계를 대며 거짓말을 하는 경우가 부지기수이기 때문에 쉽게 허락할 수 없다.

　어느 정도 경력이 되면 아이들의 거짓말이 눈에 보인다. 그래서 조퇴시켜 달라는 아이들과 그냥 남아서 공부하라고 하는 담임선생님의 눈에 보이지 않는 기싸움이 교무실 여기저기에서 벌어지고 가끔은 언성이 드높아지기도 한다. 자기주도학습을 빼달라는 가장 흔한 핑계는 학원보충이나 과외수업이다. 학원보충이나 과외의 경우 미리 약속된 일이거나 계획된 일이기에 주말을 이용하거나 시간을 조절하면 되지만, 요즘 아이들에게는 학교와의 약속보다 학원 보충이 더 중요하다. 그렇지만 이마저도 무작정 보내주면 아이들이 학원이나 과외를 가지 않는 경우가 많아 부모님에게 항의전화를 받기도 한다. 그렇기 때문에 대부분의 담임교사의 입에서는 아이들에게 "안돼"라는 소리가 먼저 나간다.

　나 역시 타당한 사유가 아닌 경우에는 조퇴를 허락하지 않는다. 스스로 정한 약속이기에 그것을 지키려고 노력하는 것 또한 필요하기 때문이다. 그리고 경험상 현 입시제도의 아이들에게는 학교에서 자기주도학습을 하는 게 더 중요하다고 생각하기 때문에 보내주고 싶은 마음이 들어도 허락하기가 쉽지 않다. 힘들어하는 아이들을 보면 '오늘 하루쯤은 쉬고 오는 것도 괜찮겠지'와 '조금만 더 참아야지. 시험도 얼마 남지 않았는데' 사이에서 오늘도 흔들린다.

가끔은 아이들이 조금은 멋진 이유를 든다면 조퇴를 허락해도 괜찮겠다는 생각이 든다. 이를 테면 "선생님 오늘 따라 하늘이 너무 맑아요, 오늘 같은 날 자율학습을 하는 것보다 이 봄하늘을 맘껏 느껴보고 싶어요. 그러니 보내주시면 안 될까요"라든가 "선생님 너무 보고 싶은 영화가 있어요. 오늘 하루만 보내주시면 내일부터 열심히 하겠습니다", "책을 읽었는데 뭉클하고 싸한 느낌에 공부가 잘 안되요. 오늘은 마음 좀 추스르면 안 될까요" 같은 멋진 말을 들으면 흔쾌히 보내줄 것만 같다.

그래서 언젠가 수업 시간에 아이들에게 이런 말을 했더니 그날 오후에 몇몇 능글맞은 놈들이 교무실 밖을 서성이다 큰 용기를 낸 듯 교무실로 쭈뼛쭈뼛 들어선다. 그러고는 한다는 말이 "선생님 날이 너무 좋아요. 아시죠?" 한다. 그 말을 하는 그 녀석 속이 너무 뻔히 들여다보여 알면서도 모르는 척 하고 "날 흐린데, 뭐가 좋아. 구름만 잔뜩 끼어 있네" 이랬더니 당황하며 "오늘 같이 흐린 날은 집에서 좀 쉬는 게 좋지 않을까요?" 하며 얼른 말을 바꾼다. 내심 그 뜻을 알면서도 한번 더 떠볼 요량으로 "오늘 같이 흐린 날은 할 일도 마땅치 않으니 남아서 공부나 열심히 해라" 하면 이리저리 수를 쓰다 결국 선생님이 이러면 보내주신다 하지 않았느냐며 못마땅해한다. 보내준다고는 했지만 이런 식의 방법은 내가 알려준 거니 좀 더 멋진 걸 보여주면 생각해 보겠다고 하고 교무실 밖으로 내보낸다. 그러고 나서 속으로는 아이들이 너무 귀엽고 예뻐서 웃음을 짓는다.

한참 뒤에 우리 반 재간둥이 녀석이 자신 있다는 듯 내 앞에 나타난다. 이미 몇몇 아이들이 퇴짜를 맞고 갔기 때문에 조심스럽게 말을 꺼낸다. 재간둥이답게 자율학습을 빼 달라는 내용으로 시조를 개사해 와 내 앞에서 읊는다. 어이없기도 하지만 해놓은 말이 있는지라 기분 좋게 보내주면 환호성을 지르며 교무실을 신나게 빠져 나간다. 그러고 나면 뒤 이어 몇몇 아이들이 내 앞에 와서 시조를 읊어대기 시작한다. 그땐 여지없이 내 입에서는 "안 돼"라는 소리가 이어지고 그러면 녀석들은 또 다시 혼란에 빠져 입을 삐죽거리기 시작한다. 왜 똑같이 했는데 자기는 왜 안 보내주냐는 표정이다. 그러면 나는 아이들에게 "좀 신선한 걸 가지고 와봐" 하고 이야기하면 또 다시 도전하기보다는 그냥 자습한다며 터덜터덜 교실로 향한다.

별 것 아닌 일이지만 아이들의 기억 속에 작은 추억을 만들어 주었으면 한다. 자율학습을 지도하는 것이 교육자와 피교육자의 상하관계가 아니라 인간과 인간으로서의 만남이 그 속에 있었으면 좋겠다. 그 만남 속에서 무언가를 기억하고 추억하고 소통하는 모습을 만들어 보고 싶다.

내 고등학교 시절. 무더운 여름날 산 너머로 해가 지며 노을이 지는 모습을 운동장에서 바라보며 그 속에 나의 꿈을 떠올렸던 기억들이 난다. 나 역시 고등학교 시절 그렇게 많은 자율학습을 했건만 지금도 기억나는 건 자율학습이 아니라 그 시간 친구들과 함께했던 기억과 장난들이다. 내 제자들도 지금의 내 나이가 되었을 때 그런 추억과 이야기 하나씩은 가지고 있었으면 싶다. 그 재간둥이 녀석은 그리 멀지 않은 미래에 그 기억을 술자리에서 자랑스레 이야기할지 모른다. 별것 아닐 테지만 그것이 추억이고 행복이 아닐까. 그리고 그 별것 아닌 일들은 의외로 생각보다 긴 꼬리를 가지고 있다.

빗자루 사용법을
모르는 아이들

청소 가르치는 선생님

둘째 아이가 흙을 만지고 있다. 놀이터에서 미끄럼틀과 그네를 이리저리 왔다 갔다 하더니 어느 결에 갑자기 쪼그리고 앉아 흙을 만지고 있는 것이 아닌가. 아이가 노는 것을 지켜보고 있다가, 그 모습을 보고 화들짝 놀라 아이에게 다가가 이렇게 말한다.

"지지 더러워!"

그랬더니 아이가 동그란 눈으로 나를 쳐다보며 이렇게 말한다.

"무슨 느낌인지 궁금해서."

순간 머리를 한 대 얻어맞은 듯하다. 아이가 어떤 의도를 가지고 한 말인지 모르겠지만, 날 쳐다보며 무슨 느낌인지 궁금했다는 그 아이의 눈빛을 잊을 수가 없다. 흙의 느낌이 정말 궁금했다는 그 눈빛에는 무엇인지 모를 간절함이 담겨 있었다. 우리는 어린 시절 그렇게 땅을 만지고 쓰다듬고 땅 위에서 놀았다. 옷에 한가득 흙을 묻히고 들어가도 한결같은 어머니의 뻔한 지청구만 있었을 뿐이었다. 겨울철이면 손이 튼 채로 피를 흘려도 대수롭지 않게 지나갔다.

아스팔트와 콘크리트가 가득한 지금 이곳에 사는 아이들에게 흙을 밟게 하고 만지게 해주지는 못할지언정 그것을 궁금해하는 아이에게 무언가 대단한 일이라도 난 듯 허겁지겁 달려가 아이의 손에서 흙을 털어낸다. 흙 한번 만진다고 해서 건강을 해치는 것도 아니요. 누군가에게 피해를 주는 것도 아닌데 무조건 더럽다고 하지 말라고 한다. 어렸을 때 그렇게 늘 흙을 만지고 놀던 내가, 심지어 흙을 둥글게 말아 먹을 수도 있다며 친구 앞에서 꿀꺽 삼키기도 했던 내가 땅조차 밟아 보기 힘든 아이에게 그것을 하지 못하게 하고 있다. 어떤 특별한 이유도 없이. 그냥 단지. 금지하고 있을 뿐이다. 아이의 궁금함은 생각하지 않은 채. 그 생각이 든 순간 얼른 아이에게 이렇게 이야기한다.

"그러게 무슨 느낌이지? 나도 한번 만져볼까?"

아이는 순간 환하게 웃음 지으며 손을 흙으로 가져간다.

아이에게 흙은 과연 어떤 느낌이었을까? 따뜻한 느낌? 차가운 느낌? 거친 듯 부드러운 흙이 내 손에 만져지는 순간 어쩌면 나는 그리고 우리는 너무 많은 것을 놓치고 살아온 것이 아닐까 하는 자괴감이 들었다. 선생님이란 직업을 가진 내게 교육이란 무엇일까?

아이들에게 선생님으로서 무엇을 전해주어야 할까 고민해왔고 고민하는 나에게 둘째아이가 잊지 못할 화두(話頭) 하나를 던져준 듯하다. 정말로 궁금해하고 찾고 싶었던 것을 스스로 만지며 깨닫는 것. 입으로 이렇게 저렇게 해라가 아니라 스스로 몸으로 느끼며 보고 배우는 것. 그것이야말로 지금의 아이들에게 가장 필요한 것이 아닌가 싶다. 어린시절부터 부모님의 손에 이끌려 스스로 무언가를 해보지 못한 아이들에게 작은 것부터 경험시키려고 노력하고 스스로 행동하게끔 하는 것 그것이 아이들에게 얼마나 필요한 일인가. 지금의 아이들에게는 스스로 무언가를 하는 것만큼 어려운 일들이 없다.

교실에서 청소지도를 하다 보면, 빗자루를 제대로 사용할 줄 모르는 아이들이 대부분이다. 학교에서 흔히 사용하는 대걸레나 싸리비라 불리는 큰 빗자루는 무용지물에 가깝다.

요즘 들어서는 학교마다 용역업체에게 청소를 맡기는 곳들도 많이 늘어나는 추세다. 우리 학교 역시 화장실은 주말마다 용역업체에 청소를 맡긴다. 물론 아이들이 좋은 환경에서 공부할 여건을 만들어주는 것도 중요하다. 하지만 책에서 배우는 교육이 다가 아니다. 우리가 생활하는 공간인 학교에서 벌어지는 모든 일들을 경험하고 몸으로 익히는 것. 그것도 중요한 교육이라 생각한다.

얼마 전 신문기사에 작은 학교가 점점 더 늘어난다는 보도가 나왔다. 출산율의 저하로 인해 한 학년에 한 학급만 있는 미니 학교가 점점 늘어나고 있다고 한다. 별것 아니라고 생각할 수도 있지만 1학년부터 6학년까지 같은 아이들끼리만 생활하다 보니 사회성이 떨어지는 경우가 많다고 한다. 지금의 고등학생들을 보더라도 사회성이 떨어지는 경우가 많다. 이는 신문기사에서 지적한 것처럼 학교가 작아서 생기는 문제는 아닐 것이다. 요즘 아이들이 사회성이 떨어지는 가장 큰 이유는 자기 손으로 무언가를 해보지 않은 아이들이기 때문이다. 가정에서 학교에서 그들이 생활하는 그 어디에서든 스스로 무언가를 해본 적이 없기 때문이다.

아이들에게 이건 하면 안 된다, 저건 하면 안 된다는 말보다는 부모님과 함께 무언가를 해볼 수 있는 환경을 어린 시절부터 길러 주어야 한다. 가정에서 아이들의 손에 걸레도 쥐어 주고, 학교에서는 자기가 사용한 공간을 스스로 청소하고 정리하는 모습 역시 교육의 중요한 부분이다.

처음 교사가 되었을 때 성격이 모질지 못해 공부하는 아이들에게 청소를 잘 시키지 못했다. 솔선수범이 아니라 아이들을 시키는 것보다 내가 하는 게 맘이 편해서 혹은 아이들이 하는 것보다 내가 하는 게 더 확실해서 청소를 꽤나 많이 했다. 그 모습을 볼 때면 선배 교사들이 "그런 건 아이들 시키지. 왜 선생님이 해?" 그 말을 들을 때면 '내가 할 수도 있지 뭐. 내가 모범을 보이면 아이들도 잘 따라올 거야'라고 생각했다. 하지만 그런 시간이 오래 될수록 나의 손이 닿지 않으면, 빈틈이 계속해서 보였다. 그럴 때면 나는 아이들에게 아직도 청소 하나 제대로 하지 못하냐고 호통을 치게 된다.

지금은 아이들과 함께 청소를 한다. 화장실, 복도, 교실을 아이들과 함께 청소하며 청소를 가르치기도 한다. 비질하는 법, 대걸레로 구석구석 닦는 법, 칠판 정리하는 법. 그렇게 한 달 여를 아이들과 함께 청소하다 보면 아이들도 제법 청소를 잘하게 된다.

교육이란 수업 시간에만 있는 것은 아닌가 보다. 이런 것도 교육이냐고 누군가는 묻겠지만 난 자신 있게 대답할 수 있다. 학교에서 벌어지는 모든 것들이 다 교육이라고. 그것들을 배우고 익히는 과정이 바로 학습의 과정이며, 그러한 것들이 쌓이고 쌓여 갈 때 한 사회의 바람직한 구성원으로 제대로 설 수 있으리라고 생각한다. 그리고 그러한 일들을 작게나마 경험해 보는 것이 일하며 흘리는 땀의 가치를 어린 시절에 조금이나마 체험하게 되는 것이다.

학교 교과서에는 일의 가치와 중요성에 대한 글들이 없다. 스스로 땀내고 노력하는 과정에서 즐거움을 얻는 그 소중함을 학교의 일상에서 아이들이 깨우치길 바란다면 너무 거창한 소망일지도 모른다. 하지만 분명한 것은 작은 일 하나부터 시작하는 것이 우리에겐 더욱 필요하다. 그래서 학교에서의 일은 그 하나하나가 모두 소중하다.

Part 5

교과서 밖 인생수업

모든 것이 빠르게 돌아가는 삶 속에서

조금은 느려지는 것도 나쁘지 않을 거 같아.

급행열차가 주는 편리함도 좋지만

가끔은 완행열차를 타보는 것도 나쁘지 않단다.

주변을 돌아볼 여유가 생기거든

우리 한번쯤 느려져 보는 건 어쩔까.

빗소리 5분 정도
들을 여유는 가지고 살자

봄비 내리는 날

아침부터 비가 내린다. 습기가 차 있는 창문으로 보이는 풍경은 잔뜩 안개가 낀 것처럼 보인다. 창문이 마치 액자처럼 느껴지는 순간 비 내리는 창밖의 풍경은 그림 같아 보인다. 이런 날이면 혼자서 한껏 분위기를 내고 싶다. 그런데 아이들은 그런 나를 도와주지 않는다. 비가 온다고 해서 봄이 온다고 해서 달라질 것 없는 일상이 아이들을 그렇게 만드는지도 모르겠다. 아이들에게 봄이란 그저 동복에서 춘추복으로 옷을 갈아입는 정도의 일일 테고 비는 우산을 챙겨야 하는 귀찮은 일에 지나지 않을 테니까.

봄비가 내리는 날. 수업을 하다 판서를 해주고 잠시 짬이 나면 몇 번이고 창밖을 멍하니 쳐다보고 있다. 그 모습을 보고 있어도 아이들은 나에게 아무런 말도 건네지 않는다. 그저 하는 말이라곤 "선생님 필기 다 했는데요" 정도이다. 이럴 때는 봄비의 분위기를 아이들과 함께 나누고 싶은 마음에 스스로 말머리를 던져 본다. 아이들이 물어주기를 바라는 마음에서 말이다.

"오랜만에 내리는 비지. 그것도 봄비."

내 말에 아이들은 그저 "네" 하고 대답할 뿐이다.

이런 무심한 놈들. 이 비를 보고도 아무 생각도 안 드는 너희들은 뭐니. 그러면서도 학교라는 곳은 그런 낭만과 어울리는 곳은 아니라는 생각에 더 이상 아이들을 탓할 수만은 없다. 아이들이 무감각해진 것인지 세상이 아이들을 이렇게 만들어 놓은 것인지. 이런 날 창밖을 무심히 바라보다 보면 비가 오는 창문 너머로 빗방울의 흔적들이 보인다. 서리 낀 창문 너머로 보이는 학교의 싸늘한 풍경조차도 마치 액자 속 그림같이 느껴지는 건 나만의 착각이라고 해야 하나. 이를테면 첫사랑 생각이 난다든가 어릴 적 추억 하나쯤은 떠올리면 좋으련만.

이렇게 아이들의 반응이 없으면 아이들에게 무슨 말을 어떻게 해야 할지 난감해진다. 일을 벌여 놓았으니 수습을 해야 할 듯싶어 조심스럽게 말을 꺼내본다.

"선생님은 봄에 비가 오면 문득 비를 맞고 싶어. 살갗에 닿는 차가운 느낌이 좋아. 그 느낌은 이를테면 눈이 내리는 날 하늘을 쳐다보면 소금을 뿌려놓은 듯 하얀 눈발이 나를 향해 달려오는 거랑 비슷하지. 때론 그 소금 같은 눈발이 피부에 닿으면 나와 한 몸이었던 것처럼 녹아 버려. 아주 짧은 순간 사라지면서 몸 안으로 빨려 들어가는 느낌이랄까. 가끔은 입을 벌리고 눈의 맛을 보고 싶기도 하잖아.

이렇게 하늘에서 내리는 눈이 촉각이라면 비는 청각에 가깝지. 창을 열고 가만히 귀를 기울이면 비 내리는 소리가 들려. '타닥' 하고 울리는 그 소리는 애써 신경 쓰지 않으면 그냥 지나칠 정도로 작은 소리지. 예전에는 양철지붕에 비 내리는 소리가 그랬다지만 지금은 그런 지붕을 찾아볼 수 없잖아. 그래서 요즘에는 귀를 하늘이 아닌 땅으로 열어 놓으면 주차장의 차 지붕 위로 떨어지는 빗소리가 꼭 그런 거 같아. 가끔은 아스팔트 위로 떨어지는 소리 또한 그렇지. '타닥', '후두둑' 하는 그런 빗소리 말이야. 가만히 숨죽이고 귀 기울여보면 나뭇잎에 떨어지는 소리도 들릴 거야. 그렇듯 비는 시각보다 청각에 가까운 거 같아.

그럼 얘들아! 가을의 파란 하늘은 우리의 감각 중에서 어디에 가까울까?"

여기저기서 "시각이요" 하는 소리가 들린다.

"그래 너희들이 말한 것처럼 시각이야. 파란 하늘은 눈에 아주 시원하게 보이거든. 이 비가 그치고 나면 우리 주변에 꽃이 피겠지. 그 꽃은 시각과 함께 후각으로 느끼는 거야. 꽃송이에 코를 갖다 대면

진하지 않은 향기가 느껴져. 지나칠 땐 모르지만 꽃에 가까이 가면 그렇게 느껴진단다.

우리들 역시 마찬가지야. 평소에는 관심 없이 지나치던 것들도 조금만 관심을 가지고 한 발 더 다가가면 이전에 보이지 않던 새로운 것들이 보인단다. 난 너희들이 학교 생활하면서 그렇게 감각을 열고 관심을 가지고 모든 것들에 한 발만 더 가까이 갔으면 해.

오늘의 봄비를 보면서 너희들에게 이야기하고 싶은 건 바로 이거야. 주변에 보이는 자연은 늘 거기에 있었을 거야. 자연(自然)이란 한자어의 뜻처럼 '스스로 그러하게' 거기에 있거든. 나를 봐달라고 강요하지 않고 언제나 오랫동안 그 자리에 그렇게 있는 거지. 우리가 관심 갖고 봐줄 때까지. 조금만 주변에 보이는 것들에 관심을 갖고 세상을 보면 이전에 볼 수 없는 것들이 보인단다. 그런 의미에서 창문 열고 빗소리를 딱 오 분만 듣고 수업할까?"

그러면 여기저기서 "좋아요" 하는 소리가 들린다. 어디 빗소리를 듣고 싶어서일까. 그냥 수업을 잠시 미뤄둔 게 더 좋은 것인지도 모르지만 삼십 여 명의 아이들 중 단 몇 명이라도 그 소리를 오늘 가슴에 새겼으면 좋겠다.

실패한 사랑도
추억이 된다

선생님의 첫사랑

따사로운 햇볕이 들어오는 수업 시간. 창으로 내다보이는 교실 밖 풍경은 어제와 다르지 않은 일상의 연속이다. 도로에 차들은 저마다 무언가에 쫓기듯 제 갈 길을 바쁘게 가고 있고, 학교 주변의 아파트들은 늘 거기에 오래 전부터 있었던 양 줄지어 서 있다. 그럼에도 불구하고 내리쬐는 햇볕과 나무들은 마음을 오래도록 그곳에 붙들어 놓는다. 때마침 수업 시간에 배우는 고전 작품에 그리움에 대한 이야기가 나온다. 임과 이별하고 몇 년이나 만나지 못했음에도 불구하고 오래도록 임을 하염없이 기다리는 것에 대해 이야기하고 있던 중이었다.

"애들아. 상사병이 뭔지 아니?"

여기저기서 답이 터져 나온다. 어렵지 않은 질문이라 그런지 대답이 시원하다. 늘 이랬으면 좋으련만 조금만 어렵거나 생각이 필요하면 아이들은 입을 닫아 버린다. 아이들의 시원스런 대답에 기분이 좋아진다.

"그래 사랑해서 생긴 병이지. 그냥 사랑만 해서 생긴 병이 아니라 그 사람을 오래도록 그리워하다 생긴 병이겠지. 고백 한 번 못해보고 멀리서 바라만 보다 생긴 병이야. 요즘 너희들의 생각으론 잘 이해가 안 가겠지. 좋으면 좋다고 말해야 하는데, 바보 같이 아무 말도 못하고 병까지 걸리다니 말이야. 그렇게 그 사람을 좋아하는 데도 불구하고, 오래도록 그 사람을 그저 멀리서 그렇게 바라만 보다 병이 생기는 거야. 하루도 이틀도 아니고 몇 년 동안이나 그렇게 말도 하지 못한 채.

그렇다면 그 병은 몸이 아픈 게 아니라 마음속에 보고 싶음 마음이 쌓이고 쌓여 생긴 병이겠지. 어떤 약을 써도 듣지를 않아. 오로지 그 사람만이 그 병을 고칠 수 있는 거란다. 그 병의 원인을 모른다면 그렇게 시름시름 앓다가 죽을 수도 있는 거야. 요즘 같으면 일주일만 만나지 않아도 혹은 하루만 연락이 되지 않아도 서로 싸우고 참지 못하는 경우가 많지. 참 예전과는 달라. 그런 면에서 보면 너희들에게 이런 시를 가르쳐야 한다는 건 정말 어려운 일이야. 그렇지 않니?"

이렇게 이야기하면 그렇지 않다고 누구라도 말할 것 같지만 누구하나 대답하는 아이들이 없다. 이럴 땐 은근슬쩍 내 이야기를 꺼내보는 것도 나쁘지 않을 듯싶다. 예전에는 "첫사랑 이야기해 주세요" 하며 조르는 아이들도 많았건만 요즘 아이들은 무던한 건지 어쩐 건지 그런 말을 들어본 지가 언제인지 몰라 내 스스로 말을 꺼낸다.

"선생님도 예전에 아주 좋아했던 사람이 있었어. 그 사람을 오랫동안 좋아했거든. 고등학교 동아리에서 만난 사이인데 처음에는 그저 친구처럼 지냈지. 그런데 어느 순간 내 가슴에 들어와 있더라고. 몇 번이나 고백해 보려고 했지만 고백을 하면 친구를 잃을 수도 있다는 생각에 쉽게 고백하지 못하겠더라고. 그래서 미루고 미루다 군대 영장이 나온 거야. 군대 가기 전에 꼭 말해야지 하며 다짐했지만 시간은 기다려주지 않고 빨리 지나가더라고. 그래서 고민하다 군대를 연기했어."

여기저기서 "우와" 하는 소리가 들리며 아우성이다. 다음 이야기가 궁금하다는 듯 귀를 기울이며 눈빛을 반짝이는 데 평소에도 이랬으면 좋으련만 하는 생각을 해본다.

"집에는 조금 더 공부하고 군대에 가겠다고 말했지. 사실 꼭 그 사람에게 고백해야겠다는 이유 때문만은 아니었을지도 몰라. 군대 가는 게 싫어서 그랬는지도 모르고. 어쨌든 일 년이라는 시간을 벌어놓은 탓인지 급하게 고백할 필요가 당장은 없어졌어. 그리고 나서 그 친구와 더욱 친하게 지냈던 거 같아. 하지만 지금 생각해 보면 시간이 지날수록 나의 마음이 조금씩 드러나긴 했나봐. 친구가 부담스러워하는 게 느껴졌거든. 그땐 몰랐지만 돌이켜 생각해 보면 그랬던 거 같아. 그땐 내 마음이 더 중요해서 가끔 보고 싶을 때면 연락도 하지 않고 집앞에서 기다렸거든. 지금처럼 휴대전화가 있는 게 아니라 무작정 기다릴 수밖에 없었어. 어떤 때는 집 앞에서 5시간을 넘게 기다린 적도 있는 거 같아."

그 말에 여기저기서 또 난리다. 그동안 여러 번 했던 이야기임에도 이 부분은 항상 쉽게 넘어가지 않는다. 아마 오랜 시간 기다렸다는 것 때문에 그런 것이리라.

"음 처음부터 그렇게 오래 기다릴 작정은 아니었어. 기다리다 보니 기다린 시간이 아깝더라고. 혹시나 영화처럼 내가 가고 나서 바로 오면 너무 아쉽잖아. 그래서 가다가 다시 발을 돌려 몇 번 왔다 갔다 하다 보니 시간이 꽤 지났더라고. 그러다 보니 아쉽기도 하고 못 보고 가는 게 억울해서 기다리다 보니 그렇게 된 거야. 결국 만나긴 했지만 몇 분 말하지도 못 한 채 돌아서야 했지.

우습지? 그래도 지금은 그것도 추억이라고 너희들에게 이야기할 수 있으니 헛짓한 건 아닌가 보다. 그렇게 시간을 보내다 보니 또 날이 추워지더라고. 조급해지기 시작했지. 차마 얼굴을 보고 이야기할 수가 없더구나. 그래서 그때 내가 제일 잘할 수 있는 게 뭘까 생각하다 글을 썼던 거 같아. 얼굴을 보고 말로 하는 것보다 더 쉬울 거 같았거든. 그래서 두어 달 동안 글을 썼어. 연애편지는 아니었고 그냥 내 마음을 담은 시와 수필 정도라고나 할까.

그렇게 글을 써서 몇 번이나 주려고 하다 실패했어. 바보같이. 그러다 문득 든 생각이 직접 주지 않고 우편으로 보내면 좋겠다는 생각을 했어. 기왕이면 우리 동네 소인이 찍힌 것보다는 속초 도장이 찍힌 편지로. 그래서 밤기차를 타고 속초를 갔지. 그 바닷가를 걸으며 참 많은 생각을 했어. 다음에 이 바다를 오면 그 사람과 함께 오고 싶다고. 겨울 바다라 그런지 사람도 없었고 바람은 아직 차지만 그런대로 운치가 있더라고. 친구에게 전화를 했어. 나 바다에 와 있다고. 왜 갔냐는 물음에 그냥 바다가 보고 싶어서라고 말했지. 그럼 잘 보고 오라는 말에 그래 하고 전화를 끊었던 기억이 나. 그리곤 우체통을 찾았단다. 한참을 헤매다 겨우 우체통을 찾았어. 그 빨간 우체통 구멍에 봉투를 넣고 한참을 서 있었어. 그냥 넣으면 끝이 나는데 손에 뭐라도 붙은 것처럼 떨어지지 않더라고. 나는 편지를 보냈을까? 어땠을 거 같니? 결국 못 보냈어."

여기저기서 난리도 아니다. 마치 자기 일이라도 되는 양, 혹은 바보 같은 나를 두고 책망하기라도 하는 듯. 그래서 어찌 되었나요, 보내신 거예요, 결론만 이야기해 주세요 등등.

"편지는 가지고 올라왔지. 그해가 또 그렇게 지나가나 보다 했어.

그해의 마지막 날 집에 있는데 그렇게 있는 내 자신이 바보처럼 느껴지더라고. 그래서 별다른 생각 없이 봉투를 들고 나갔단다. 그리곤 밤거리를 돌아다니다 친구에게 전화했어. 줄 게 있으니 나올 수 있냐고. 나가기 힘들다는 말에 그럼 집 앞에서 잠시만 보자고 말한 후 친구 집으로 걸어갔어. 그 시간 동안 무슨 말을 어떻게 하며 건넬지 고민하며 그렇게. 집에 도착해서 막상 친구 얼굴을 보니 그 동안에 준비했던 말들이 하나도 기억나지 않더라고. 그래서 그냥 봉투만 건넨 채 그렇게 돌아서는데 몇 발자국 안 되는 골목길이 어찌나 길던지 겨우 힘을 내서 걷다가 골목길을 꺾어 친구 모습이 보이지 않는 순간 주저앉아 버리고 말았어. 우습지?"

이렇게 이야기하는데 종이 울린다. 아이들은 난리다. 다음 이야기가 궁금하기도 하겠지만 그 사람과 어찌 되었는지가 가장 듣고 싶을 테다. 하지만 이미 수업 시간은 끝났다. 오늘처럼 이렇게 수업이 끝나는 것을 아쉬워하는 모습을 또 볼 수 있을까?

"종이 쳤으니 오늘은 여기까지 하자. 다음에 기회가 되면 이어서 해줄게."

여기저기서 시끄럽게 묻는 소리가 들리지만 애써 외면하며 교실 문을 나선다.

다음 시간에 이 이야기가 이어질까? 해달라고 난리가 나겠지만 아마 이 이야기는 여기까지다. 나머지 부분은 내가 아닌 아이들이 채

워 주었으면 하는 마음에서. 기다림이란 것은 결과가 아니라 순간과 과정이라는 것을 아이들이 알았으면 좋겠다. 그래서 다음 시간에 아이들이 뒷이야기를 해달라고 하면 이렇게 대답할 것이다.

"선생님 이야기를 듣는 것보다 더 중요한 게 있어. 그건 우리가 수업을 해야 한다는 거지."

야유가 터져나올 것이다. 그럼 이렇게 대답할 것이다.

"그래 궁금하지? 그렇지만 나머지는 너희들이 채워. 더 이야기해줄 수도 있지만 선생님이 그 이야기를 해준 건 너희들이 그런 마음을 가졌으면 하기 때문이야. 그렇게 사랑하며 사는 사람이었으면 좋겠어. 그렇게 이룰 수 없는 사랑과 가슴에 품은 사랑을 해보는 것. 사랑은 성공이 아니라 실패라는 것. 그리고 그 속에서 추억과 간절함이 평생을 행복하게 해줄 수도 있다는 것을 알았으면 해. 지금 하고 있는 사랑 혹은 앞으로 하는 사랑에 더 이상 과거의 아픈 기억들을 싣지 말자. 그리고 아픈 기억을 다시는 되풀이하지 않겠다는 것이 더 중요한 거 아니겠니. 그렇지. 그런 의미에서 우리는 이제 지난 시간을 되풀이하지 않기 위해 그저 오늘은 열심히 수업해야겠지. 어디 할 차례더라?"

소란스러운 웅성거림이 가득하지만 무시한 채 묵묵히 책을 펴고 칠판에 배울 내용을 적는다.

햇빛 좋은 날
교실 밖에서 책 읽기

야외 수업

대학을 다니면서 가장 좋았던 수업 중의 하나는 볕이 좋은 어느 날 야외 수업을 하자던 교수님을 따라 학교 앞 잔디밭에 책을 펼쳐 놓고 앉아 있던 시간이었다. 딱히 진도를 나가진 않았지만, 대학생이기에 가능했던 그 야외 수업은 그 분위기만으로도 대학생활의 소중한 추억이 되었다.

가끔 고등학교에서 야외 수업을 하자고 떼를 쓰는 아이들이 있다. 하지만 고등학교에서의 야외 수업은 생각조차 하기 어려운 일이다. 아이들을 데리고 나갈 공간도 부족하거니와, 그 수업을 지켜보는 다른 반 아이들 역시 수업 시간마다 밖으로 나가자고 떼를 쓸 것이 분명하기 때문이다. 물론 교감선생님이나 교장선생님의 시선 역시 부담스러운 것도 사실이다.

그간의 교사생활에서 딱 한 번 아이들과 함께 야외 수업을 한 적이 있다. 독서 교육의 중요성을 강조하던 때라 일주일에 한 시간 책 읽는 시간을 가졌다. 그 시간은 자치활동으로 교과별 추천도서나 학급문고를 이용해 책을 읽어보자는 취지에서 마련된 것이었다. 그러나 현실적으로는 그저 자습을 하거나 여러 가지 학교 행사들로 인해 제대로 시행하기가 쉽지 않았다. 하지만 국어교사로서 책 읽기를 좋아하는 사람으로서 아이들에게 그 시간만큼은 보장해주고 싶었다.

의욕적으로 아이들과 함께 학급문고를 만들고 아침 자습시간과 점심시간을 이용해 반 전체가 책읽기를 했었다. 아이들보다 담임의 의욕이 더 컸던 것도 사실이다. 그날은 온전히 한 시간 동안 책읽기를 하기로 한 날이었다. 교실로 들어가 보니 그 동안에 누차 강조했던 탓인지 대부분의 학생들이 책을 읽는 모습을 보여주었다. 나도 함께 책을 읽기 위해 창가로 가는 순간 대학에서 야외 수업을 했던 그날처럼 볕이 너무 좋았다. 나도 모르게 아이들에게 이렇게 말했다.

"볕이 너무 좋네. 이런 날 밖에 나가서 책 읽으면 참 좋을 텐데."

이 말 한 마디에 마음이 통했는지 밖으로 나가자며 난리들이다. 처음에는 몇몇 아이들이 아우성치더니 이내 반의 모든 아이들이 합창하며 "나가자"고 야단이다. 평소 같으면 안 된다고 이야기했을 텐

데 그 날만큼은 왠지 밖으로 나가도 나쁘지 않을 듯싶었다. 잠시 고
민하다 나중에 혼이 나더라도 아이들에게 좋은 기억 하나쯤 만들어
주고 싶었다. 하지만 걱정도 컸다. 나가서 책은 읽지 않고 장난만 치
거나 좋지 않은 모습을 보이면 다음부터 야외 수업은 엄두도 못 낼
테니 말이다. 그래서 아이들에게 부탁을 한다.

"음. 일단 선생님 이야기 잘 들어봐."

이렇게 말을 꺼내자 당연히 안 된다고 할 줄 알았는지 아이들의
눈빛에 실망이 가득하다.

"아무 말도 꺼내지 않았는데 벌써부터 그렇게 원망의 눈을 하면
어떡하니. 그래 너희들 말대로 오늘은 볕도 좋고 바람도 선선하니 밖
에서 책 읽으면 너무 좋을 거 같다. 그런데 하나만 약속해 줘야 한다."

말이 끝나자마자 아이들은 벌써부터 야단들이다. 그저 아이들은
밖으로 나가는 게 좋을 뿐이다. 말은 했지만 벌써부터 걱정이다. 하
지만 이미 일을 벌여놓았으니 이제 어떻게 아이들을 잘 이끄느냐가
문제다.

"자 생각해봐. 우리가 나가면 모든 학교의 이목을 끌 게 분명하겠
지. 그런데 우리가 책을 읽으러 나가서 책은 읽지 않고 장난을 치거
나 딴 짓을 하면 우리뿐 아니라 다른 반에도 피해를 주는 거야. 그러
면 어떻게 해야 할까? 선생님 역시 너희들을 위해서 힘든 결정을 한
거야. 그러니 제발 선생님을 위해서라도 밖에 나가 열심히 책을 읽

었으면 좋겠어. 그래야 이번 한 번으로 끝나지 않고 다음에도 이런 기회를 만들 수 있지. 나가서 정자세로 책을 읽을 필요는 없어. 스탠드에서 엎드려도 좋고, 등을 서로 맞대고 읽어도 좋아. 그늘을 찾아 앉아서 서로 이야기하지 말고 책을 읽는 거야. 우리는 책을 읽는 것만으로도 충분하니까. 잘할 수 있지?"

그랬더니 여기저기서 목청껏 "네" 하는 소리가 들린다.

"그래, 그럼 너희들을 믿고 나가보자."

이렇게 말은 했지만 나가는 내내 불안하기만 하다. 이런 나의 기우를 알아차리기라도 한 것일까. 아이들은 책 하나씩 펼쳐 들고 이내 여기저기 자리를 잡기 시작한다. 잠깐 동안 멈칫거린 것을 빼면 모두들 책 읽기에 집중하는 모습이다. 서로 등을 맞대기도 하고 나무에 기대어 책을 읽기도 하고 제각각 가장 편한 모습으로 책 읽기에 빠져든다. 아이들도 서로 그런 자신들의 모습이 대견했는지 이제 더 이상 주변에 한눈팔지 않고 책읽기에 여념이 없다.

아이들을 지켜보던 나는 걱정을 한시름 덜고 책을 펼쳤다. 그러나 책의 내용이 눈에 잘 들어오지 않는다. 처음에 걱정하던 마음은 어디로 가고 책을 읽는 아이들의 감동적인 모습만 눈에 들어온다. 그 사이 소문이라도 난 것일까? 창밖으로 몇몇 아이들이 고개를 내밀고 그 광경을 부러운 듯 쳐다보고 있다. 길을 가던 선생님도 신기한 듯 아이들을 쳐다보며 뭐하냐고 물으신다. 아이들은 자랑스럽게 책

읽기 시간이라고 이야기한다.

그렇게 한 시간이 그림처럼 풍경처럼 지나가고 종이 울리자 아이들은 아쉬워하며 자리를 털고 일어난다. 그러면서 너무 좋았다며 다음 책읽기 시간에 또 여기에서 책 읽자며 벌써부터 조르기 시작한다. 다른 반 아이들도 너무 부러웠다며 자기들도 나가서 읽고 싶다고 한다. 이 수업은 그 날 한번으로 끝났지만 나에게도 아이들에게도 소중한 기억으로 남아 있다.

졸업한 그 아이들은 지금도 학교를 찾아오면 그때 이야기를 한다. 너무 행복했다고. 내게 대학시절 야외 수업이 행복한 기억으로 떠오르듯 아이들에겐 그날이 그런가 보다. 이번 해에도 한번쯤 아이들과 함께 책을 들고 그렇게 나가봐야겠다. 지금 우리 반 아이들과 함께 말이다.

연애하고 싶은 마음이 없어질 때
사람은 늙는다

연애의 대상

아이들은 나이 먹는 걸 싫어하지 않는다. 오히려 고등학교 3년쯤은 후딱 지나가 버렸으면 하는 마음을 가지고 있는지도 모른다. '인생은 60부터 시작이다'라는 말은 새로운 삶의 시작이라는 말이라기보다는 나이 들어가는 서러움의 다른 표현이 아닐까 싶다.

다행히 아이들은 선생님의 나이를 쉽게 가늠하지 못한다. 그래서 학기초면 나이를 물어보는 아이들이 있다. 누군가는 나이가 생각보다 많다고 놀라고 어떤 아이는 짐작했다는 듯 고개를 끄떡거리기도 한다. 나이를 말해주지 않아도 수업 시간에 이런저런 이야기를 하다 보면 자연스럽게 내 나이를 알게 된다. 이를테면 올림픽이 개최됐을 때 고등학생이라서 경기장에 단체 관람을 갔다고 얘기하면 아이들은 손가락을 꼼지락거리며 계산하고 웅성거린다. 시간이 지날수록 내가 담당하는 아이들의 출생년도가 점점 올라가고 첫 제자들은 어느 새 사회로 나가 자신의 일을 열심히 하고 있다. 아이들에게 명함이라도 받으면 시간이 참 많이 지났구나 하는 생각이 든다.

아침에 교실에 들어갔더니 아이들의 표정에 '힘들어요', '지루해요'라고 써있다. 격려해줄 겸해서 힘내라고 시작한 말이 엉뚱한 곳으로 흐르기 시작한다.

"힘들지? 나만 힘든 게 아니라 지금쯤이면 다들 힘들어. 다들 그렇게 힘든 것을 견디고 이기며 살아가는 거란다. 우리가 보기에 정말 편해 보이는 사람도 그 안을 들여다보면 나름의 어려움이 있을 거야. 대부분의 사람들이 자기만 외롭다고 느끼지만 어쩌면 모든 사람들은 각자 외로움 하나씩은 가지고 있거든. 그래서 그 외로움을 조금이라도 덜어보려고 이렇게 어우러져 사는지도 몰라. 그래서 서로 기대고 사는 거지. 힘들 땐 주변을 둘러봐. 둘러보면 나만 그런 게 아니라는 걸 알게 될 거야.

너희들 오늘따라 유독 힘들어 보여. 하루가 잘 안 가지? 하루는 잘 안가지만 삼 년은 생각보다 빨리 간다. 우리가 처음 만났을 때를 생각해보렴. 벌써 한참 지났지. 지금 너희의 지난 시간들을 생각해봐. 그 긴 시간이 되새겨 보면 눈 깜짝할 사이에 지나갈 거야. 지금

보내는 시간은 지루하고 힘들지만 지나간 시간은 '후다닥' 하고 이미 저만치 가 있어. 다가올 시간은 멀게 느껴지지만 어느 순간에 '여기' 하고 내 눈앞에 와 있는 경우들이 많아. 아직 너희들은 미래의 시간이 얼마나 빨리 내 눈앞에 펼쳐질지에 대해 쉽게 공감하지 못할 거야. 그런데 지난 시간을 생각해 보면 참 빨리 지나가지. 가끔 너희들이 선생님 나이 많다고 놀리지. 너희들도 금방 선생님 나이 된단다."

이런 나의 말을 아이들은 그저 나이 많은 사람들의 푸념 정도로 생각하는 경우가 많다. 지금 이 나이에도 충분히 꿈을 꾸고 계획을 세우고 앞으로의 불확실한 미래에 대해 걱정한다는 걸 모른다. 그저 이 아이들에게 어른이란 마음대로 하고 싶은 걸 할 수 있는 나이라는 생각에 부러워하는 정도이다. 하지만 나이가 들수록 그 부담감이 더 커진다는 것을 아이들을 알까?

"너희들에게 꿈을 가지란 말을 참 많이 했던 것 같아. 아마 앞으로도 그 말을 자주 할 거야. 그런데 말이다. 선생님도 너희처럼 꿈을 가지고 있단다. 언제 이룰지 모르지만 그것뿐이 아냐. 여전히 하고 싶은 것도 많아. 여행도 가고 싶고, 글도 쓰고 싶고, 가끔은 가슴 시리도록 맑은 하늘을 볼 때면 연애도 하고 싶어"

그럼 연애라는 말만 들리는지 여기저기서 "불륜이에요" "집에 계신 사모님은요" "애들은 어쩌고요" 하며 난리가 아니다. 꼭 연애라는 말만 하면 이 반응들이다. 시간이 지나면 워낙 이 말을 자주 해서 그러려니 하는데 처음 듣는 아이들은 대부분 큰일이라도 난 듯 여기 저기서 아우성이다.

"연애는 너희들이 생각하는 그런 게 아니야. 꼭 연애의 대상이 이성일 필요는 없지 않을까?"

그러면 또 여기저기서 남자를 좋아하면 안 된다며 난리도 아니다. 그 혼잡한 상황을 다시 정리하고 말을 잇는다.

"우리는 늘 배워 왔잖아. 산이나 바다를 좋아할 수도 있고, 맘이 통하는 사람과 이야기를 나눌 수도 있고. 향기 좋은 커피를 마시며 그저 누군가를 바라보는 것도 연애의 감정 아닐까? 연애는 이성하고만 하는 게 아니라 내가 좋아하는 일을 하는 것도 연애라고 생각해. 그런 의미에서라면 난 너희와도 연애하고 싶단다. 가끔 주변에서 늦은 나이에도 좋아하는 일을 찾아 열심히 사는 모습을 보면 참 행복해 보이지 않니? 나이란 숫자에 불과하다란 말이 있지. 선생님이 생각할 땐 나이란 숫자가 아니라 마음인 거 같아. 아무리 나이를 많이 먹어도 젊은 사람처럼 사는 사람이 있는가 하면, 나이가 한창인데도 불구하고 아무 생각 없이 산 송장처럼 사는 사람도 있어.

우리가 위인전을 읽는 이유는 그 사람의 정신이 삶에 그대로 녹아 있기 때문이지. 그래서 그는 여전히 살아 있는 사람이야. 그럼 우리는 어떻게 살아야 할까? 숫자와 나이로 젊다는 걸 보여줄 게 아니라 젊게 사는 것이 더 중요하겠지. 너희들보다 나이 많은 선생님이 너희보다 젊을 수도 있다는 것 멋지지 않니. 선생님 역시 나보다 더 젊게 사는 사람들을 보면 부럽기도 하고 더 열심히 살아야겠다는 생각을 해. 머리는 희끗희끗하고 허리는 굽었을지언정 그 모습은 오히려 젊은 사람보다 더 아름다울 수 있다는 것. 멋지지? 그럼 사람을 보면 선생님은 언제나 연애하고 싶단다."

기다려본 사람만이 볼 수 있는 풍경,
느낄 수 있는 감정

기다릴 줄 모르는 아이들

우리는 너무 바쁘게만 살아가고 있다. 하루 한 달 일 년을 어쩌면 평생을 그렇게 정신없이 지내는지도 모른다. 학생들 역시 다르지 않다. 기다림이라든가 가슴떨림이라든가 느리게 산다는 것의 가치를 잃어버린 지 이미 오래이다. 디지털과 기계가 주는 편리함에 빠져 스스로를 놓아 버리고 멍하니 하루를 보낸다.

그런 학생들의 모습을 보면 조금은 쉬어가라고 이야기해 주고 싶을 때가 있다. 가끔은 길을 걷다 보이는 나무 그늘 밑에서 지나가는 사람들을 바라보라고. 그렇게 멍하니 바라보고 있으면 그들이 하는 이야기들이 들릴 거라고. 나에게 직접 말하지 않더라도 나를 향해 소리 내지 않아도 발걸음에서 표정에서 그들의 이야기가 들릴지도 모른다.

"오늘은 날이 참 좋지. 이렇게 햇빛이 맑은 날이면 약속 시간보다 조금 이르게 길을 나서는 거야. 그러면 아주 여유로워지거든. 버스를 타고 차창을 보면 평소에는 못 보던 것들이 보일 거야. 전에는 관심을 가지지 않았던 것들조차 말이지. 이를테면 버스 정류장에서 버스를 기다리는 사람들도 보이고 늘 오가는 길의 나무와 간판의 글씨도 새로워 보이지.

약속 장소에 다다르면 그 사람은 당연히 아직 오지 않았겠지. 그러면 그 사람이 올 때까지 어딘가에 기대거나 혹은 바닥에 털썩 주저앉아 책을 꺼내드는 거야. 그렇게 자리에 앉아 책을 본다고 해도 책은 잘 읽히지 않을지도 몰라. 그래도 남아 있는 그 시간을 보내기 위해 책으로 눈을 돌려 봐. 책이 읽히지 않으면 지나가는 사람들을 보며 저 사람은 어디를 가고 있을까, 혹은 무슨 생각을 하며 어떤 삶을 살아가고 있을까. 양복을 입은 것을 보면 직장인이겠지. 발걸음이 빠른 걸 보니 저 사람은 약속에 늦었나 보구나 하며 지나가는 사람들에게 어떤 사연이 있을지 상상해 보는 거야.

그러다 보면 어느 새 약속 시간은 다가오고 기다리면서 설레이는 감정을 키우는 거지. 약속한 사람이 조금 늦게 나타나 오래 기다렸냐고 묻는 말에 수줍게 미소 지으며 '아니야, 조금 전에 왔어'라고 대답하지. 어때, 괜찮지 않니?"

이렇게 말하면 아이들은 "이럴 때 보면 국어 선생님 같아 보이긴 하는데 무뚝뚝한 선생님하고 어울리지 않아요"라며 재잘거린다. 아이들의 그런 소란스러움에 아랑곳하지 않고 어쩌면 나만의 이야기에 스스로 발목이 잡혀 이야기를 이어간다.

"너희들이라면 어땠을까? 일찍 나가려고 하지 않을 거야. 특별히 해야 할 일이 있는 것도 아닌데 여유를 부리며 늦게 출발하지. 조금 늦더라도 걱정하지 않아. 휴대전화로 조금 늦는다고 전화하면 되니까. 기다리는 사람은 또 기다리는 동안을 참지 못하고 몇 번이나 휴대전화로 네가 어디쯤 오는지 묻겠지. 그리고 친구가 오기를 기다리는 시간 동안 또 휴대전화에 빠져 오락을 하거나 인터넷을 하고 있겠지. 요즘 너희들은 넓디넓은 세상에 살면서 시야는 오직 좁은 휴대전화에 갇혀 있어.

지금은 인터넷에 접속하면 음악을 쉽게 들을 수 있지. 원하는 노래를 찾고 다운로드 받으면 되잖아. 그런데 그리 멀지 않은 선생님이 학교 다닐 때는 듣고 싶은 노래를 찾으려면 음반 가게에 들려야 해. 그 음반가게에 들러 주인에게 음반 발매소식을 묻기도 하지. 가끔은 기다리던 음반이 나오더라도 그 가게에 입고되기 전까지는 하염없이 기다려야 해. 큰 도시에 살지 않는 것을 억울해하면서 말이지. 지나다 좋은 음악이 나오면 부끄러운 목소리로 지금 나오는 음악이 뭔지 물어 노트 한편에 잘 적어 놓았다가 돈을 모아 사기도 하지.

　레코드판이란 게 있었어. 지금은 mp3 파일이나 CD를 사서 음악을 듣지만 그 전에는 레코드판으로 음악을 들었지. 떨리는 손으로 바늘을 들어 레코드판에 올려놓으면, 지지직 하는 잡음이 흘러나오지. 그 잡음을 이겨내면 내가 듣고 싶던 음악이 흘러 나와. 소위 아날로그란 거지. 디지털이 편하고 좋은 건 사실이야. 선생님도 디지털에 많이 익숙해져서 이제 예전으로 돌아가 살 수 없을 거야. 하지만 모든 것이 빠르기만한 삶 속에서 조금은 느려지는 것도 나쁘지 않을 거 같다. 급행열차가 주는 편리함도 좋지만 가끔은 느린 속도로 달리는 완행열차를 타보는 것도 나쁘지 않단다. 주변을 돌아볼 여유가 생기거든.

　너희들도 가끔은 느려질 필요가 있을 거 같아. 주변을 돌아볼 여유를 갖지 못하더라도 스스로에게 여유를 주어야 해. 그 속에서 나를 찾는 것도 필요해. 어때 우리 한번쯤은 조금 느리게 살아보는 건 어떨까? 가끔 휴대전화를 사용하는 너희들의 모습을 보면서 선생님은 이런 생각을 해. 너희들에게 휴대전화를 내려놓게 하면 어떨까 하고 말이야. 오랜 시간이 아니더라도 하루쯤 아니 반나절만이라도. 오고 가는 그 시간의 터널 속에서 휴대전화라도 내려놓으면 우리는 조금 더 상대에 대해 잘 알게 되지 않을까? 친구의 얼굴에 여드름이 하나 더 났다는 사실을 알 수 있을지도 모르니까 말이야. 그러니 오늘 하루쯤 선생님도 너희들도 휴대전화를 내려놓고 친구의 얼굴을 보자. 오늘 수업은 잠시 교과서를 내려 놓고 친구의 얼굴을 한번 바라보자. 어때?"

여기저기서 환호성이 가득하다. 친구의 얼굴을 보기 위해서가 아니라 그저 교과서를 내려놓으니 좋아서일 테지만 그 순간만큼이라도 친구의 얼굴을 유심히 바라보았으면 싶다.

하나 더하기 하나는
둘이 아니라 무한대

인간관계의 발전

수학적 사고의 논리에서 하나 더하기 하나는 둘이다. 둘이 아니면 그것은 잘못된 답이며 부정확한 증명 혹은 논리적으로 오류에 지나지 않는다. 둘이 아니라고 말하는 사람은 무지하거나, 교육을 제대로 받지 못한 사람으로 볼 수밖에 없다. 교과서에서는 그렇게 가르친다. 그러나 삶에서는 이것을 그대로 받아들이지 않는 태도 역시 필요하다. 앞으로가 아닌 지금 이 순간 여기에서부터 말이다.

"사람과 사람이 만나는 건 이런 게 아닐까 싶다. 하나의 원이 다른 또 하나의 원과 만나는 것이지. 우리는 누구를 만나든 그 사람과의 공통점을 찾기 위해 이런저런 이야기를 해. 무엇을 좋아하는지. 사는 곳이 어디인지. 그 속에서 우리는 서로의 삶을 공유하며, 그 원들의 교집합을 만들어내. 그 교집합의 크기는 아주 작은 경우도 있고 때론 아주 크게 생길 때도 있지. 가능할지 모르겠지만 일치하여 하나가 되는 순간을 만나게 될지도 모르지. 그렇게 두 원이 만나 교집합을 이루며 친구가 되기도 하고, 때론 연인이 되기도 하지. 그렇다면 교집합의 나머지 부분은 어떻게 받아들이면 될까. 그렇지. 그 나머지 부분은 인정하고 배려하며 살아가는 거야. 그걸 어떻게 받아들이느냐에 따라 우리는 더 가까운 사이가 되기도 하고 더 멀어지기도 할 거야. 그렇기 때문에 교집합이 아닌 부분에 대한 인정과 배려가 없다면 그 교집합은 의미가 없을지도 몰라. 그런 경우는 교집합이 있음에도 불구하고 남과 다르지 않을 테니까.

우리는 그런 관계로 인해 서로에 대해 더 많은 것을 알아가는 거야. 처음에 다른 하나였던 것이 공통적 속성으로 소통하면서 하나가 되기도 하고, 또 다른 하나와 만나 둘이 되기도 하지. 때론 그 원들이 만나고 충돌하면서 무한대로 이어져 나가며 확장하기도 해. 마치 한지에 물이 번져 나가는 것처럼. 물이 고인 웅덩이에 돌이 떨어져 파원이 생기는 것처럼 그렇게 번지고 퍼져 나갈 거야. 시간이 지나면 흔적으로 혹은 상처로 남겠지만 우리는 그것을 가슴에 품으며 살아가는지도 몰라.

어때? 살면서 그런 만남 가져본 적 있지 않니? 주위를 둘러보면 처음에 서로 다른 원이였던 우리들이 이제 같은 반이라는 원으로 친구가 되어 그렇게 살아가고 있잖아. 그 만남은 시간이 지나도 크게 변하지 않아. 선생님도 학창시절 친구들은 이상하게 오랜만에 만나도 반갑게 어제 본 사람처럼 그렇게 이야기한단다. 주변을 둘러봐. 옆에 있는 뒤에 있는 친구들이 바로 그런 친구들이야."

아이들답게 그런 나의 이야기를 장난스럽게 받아들인다. 친한 친구들끼리 손짓하거나 툭툭 치며 마치 '너와 난 그럴 거야'라며 속삭이는 듯싶다.

"사람을 만나면 늘 둘이 되는 건 아니야. 때론 하나가 되기도 하고 오히려 0.5가 될지도 몰라. 때론 무한대도 되어가겠지. 그건 누구의 몫일까? 바로 우리들의 몫이야 여기 서 있는 바로 너희들의 생각과 행동이 그 변화를 가져올 거야. 누구도 알 수 없는 그 미래의 변화들이 지금 여기에서 일어나고 있다고 생각하면 재미있지 않니. 그래 재미는 없을지도 몰라. 하지만 나중에 너희들이 어른이 되었을 때 지금 이 말을 떠올리며 그때 선생님 말이 이런 거였구나 하고 깨닫게 될 때가 있을 거다."

수업 시간에 하는 이런 이야기들은 교과 수업보다 집중도가 높은 편이다. 아마도 내 이야기가 가슴속에 와 닿기보단 꼭 듣고 기억해야 한다는 부담감이 없기 때문일지 모른다. 이 말들이 아이에게 도움이 될지 모르겠다. 다만 이 아이들이 잠시 생각을 할 수 있는 작은 실마리를 하나 던져두었다고 하면 그것으로 족하다. 문제를 풀거나 점수를 받기 위한 공부가 아닌 삶의 공부가 되기를 바란다면 지나친 나만의 생각인가. 학교에서 아이들은 끊임없이 성장하고 변화한다. 그 성장과 변화의 줄기는 책만이 아니라 주변에 있는 모든 것과 충돌하면서 자신도 모르게 일어나고 있다.

어느 순간 자신도 모르게 어른이 되었다고 느낀다면 그것은 그저 나이가 들었다는 뜻이 아니라 무수히 많은 관계 속에서 깎이고 다듬어진 결과이다. 강과 바다의 돌들이 오랜 세월 동안 수없이 많은 부딪힘을 통해 둥근 자갈이 되어가듯. 처마 끝에서 떨어진 낙수가 콘크리트 바닥을 뚫어 구멍을 만드는 것처럼. 그렇게 수많은 인연의 뿌리들 속에서 우리는 또 그렇게 어른이 되어가고 있는 것이다. 학기초의 서먹함이 학기말에는 큰 인연으로 변해 헤어짐의 아쉬움에 눈물을 흘리지만 또 다시 그런 과정들이 반복됨으로 인해 우리는 무한히 열려 퍼져나가고 있을 뿐이다. 바로 지금 이순간도. 그리고 앞으로도.

국어시간에
민주주의 가르치기

기념일 챙기기

어떤 날을 기념한다는 것은 그날을 잊지 않고 되새기겠다는 의미이다. 그래서인지 몰라도 일 년 동안 잊지 말고 기억해야 할 많은 날들이 있다. 연인간의 첫 만남을 기억하거나 그것으로 모자라 백일과 천일을 세고 있어야 한다. 뿐만 아니라 무슨 데이는 어찌 그리 많은지 그것을 일일이 기억하기조차 쉽지 않다. 그저 아이들이 오늘은 무슨 날이에요 하면 그렇구나 하고 지나가는 정도일 뿐이다. 거기에 생일을 비롯해 국경일까지 포함한다면 일 년 동안 기억하고 잊지 말아야 할 날은 더욱 많아질 수밖에 없다.

고등학교뿐만 아니라 우리 사회에서 국경일은 그저 쉬는 날일 뿐이다. 나라 전체가 그 의미를 되새기고 기억하자는 의미에서 만들어

놓은 날임에도 불구하고 말이다. 주중에 일하지 않고 그저 쉰다는 기쁨에 손꼽아 기다릴 뿐이다. 물론 입시를 앞둔 고등학생들은 그 날조차도 학교에 나와 수업 없이 자기주도학습을 하고 있으니 그 날을 되새기고 기억한다는 것은 어렵기만 하다.

이러한 날들 외에도 우리의 아이들이 기억했으면 하는 날들이 있다. 국경일로 지정되어 있지 않다 보니 그 날이 어떤 날인지도 모른 채 그 정신과 가치를 잊고 지내는 경우들이 많다. 그래서 수업을 하다가 종종 아이들에게 국사 선생님이라도 된 양 이야기를 할 때가 있다.

4.19라든가 5.18은 그냥 지나치지 않으려고 노력한다. 늘 수업 시간에 시를 통해 이 땅의 민주주의를 위해 얼마나 많은 사람들이 그 가치를 이루기 위해 희생당했고 그것이 우리 사회에서 어떤 의미를 지니고 있는지에 대해 가르친다. 그런 가르침은 그저 교과서의 이야기일 뿐 몸으로 체화되지 않는다. 나 역시도 그저 책으로 배웠을 뿐이지만 지금의 아이들에게 이런 가치를 알려주어야만 한다는 일종의 사명감을 버릴 수가 없다.

이 땅에 살고 있는 구성원으로서 그것은 나이, 직업, 경제력과 전혀 상관이 없다. 그저 이 땅에 살고 있는 사람이라면 살아가면서 조금은 그들에게 빚을 지고 있다고 생각한다. 그 빚이라는 건 우리가 외면하고 기억하지 못한다고 하더라도 쉽게 사라지지 않는다. 액면

가 없는 빚처럼 여전히 우리 속에 남아 있는 것이다. 그래서 우리는 그 빚을 갚아야만 한다. 빚을 갚는다는 건 그 날을 기억하고 되새기며 그들이 목숨을 바치면서까지 얻고자 했던 가치를 이 땅에 뿌리 내려야 한다는 것이다. 우리들이 그들이 뿌리 내린 가치를 가꾸면서 더 크게 성장할 수 있도록 관심을 가져야 한다는 뜻이다.

아침에 멍하니 늘 같은 표정으로 그저 하루를 견디고 있는 아이들에게 이런 말을 던져본다.

"너희들이 보내고 있는 지금 이 시간은 그냥 얻어진 것이 아니란다. 우리가 이렇게 발전된 사회에서 남부럽지 않게 살 수 있는 건, 우리 이전에 이 삶을 위해 노력한 사람들이 있기 때문이야. 마찬가지로 우리의 아들딸에게는 지금보다 더 나은 세상을 물려줄 책임 역시 우리에게 있다.

산다는 건 말이지. 그저 나만 편하게 사는 걸 의미하는 건 아닐 거야. 나만 잘 살면 그것으로 끝날 것 같지만 절대 그렇지 않아. 우리가 살고 있는 곳은 무인도가 아니니까. 이 사회는 무수히 많은 실타래들로 엮여 있지. 우리는 그 실타래의 어디쯤엔가 놓여 있을 거야. 그 실타래를 쓰기 위해서 어떤 과정과 질서가 필요할 거야. 누군가가 그것을 무시한다면 실타래는 엉켜서 쓸 수 없게 되겠지. 여기에 있는 누군가가 그런 사람이 되지 않기를 선생님은 바란다.

그것뿐 아니라 선생님은 너희들이 사회의 구성원으로서 자신의 의미와 가치를 꾸준히 찾아가고 고민하는 사람이었으면 좋겠다. 하루 하루를 그저 흘려보내는 것이 아니라, 그 시간을 자신의 것으로 만들려는 주체적이고 능동적인 태도로 임했으면 좋겠어. 불합리하고 잘못된 것이 있다면 그것을 바로 잡기 위해 노력하고, 부정과 불의가 있다면 그것이 잘못된 것이라고 소리낼 수 있는 태도 말이다. 누군가가 해주길 바라는 것이 아니라 내가 직접 그 일을 해결하기 위해 노력하고 목소리를 높이는 것이 필요해. 나중이 아니라 바로 지금 여기서부터 말이야. 학교는 배우는 곳이기 이전에 작은 사회라고 선생님은 늘 생각해. 그 작은 사회 안에 살고 있는 너희들은 늘 불평과 불만을 쏟아놓지. 선생님이든 학교든 그걸 해주기만을 바래. 그 학교의 주인이 너희 스스로인 것을 알면서도 정작 필요할 땐 한 발짝 뒤로 물러서지. 그게 우리가 문학시간에 이야기했던 소시민의 모습이야. 잘못된 것을 알면서도 실천하지 못하는 그런 나약함 말이야.

지금 여기에서 하지 못한 일들은 여기를 떠나서도 할 수 없을 거라 선생님은 단언해. 그러니 너희들이 지금 이곳에서부터 주체의식을 가지고 능동적으로 행동해주었으면 하는 마음이다. 주위를 둘러보면 해야 할 일들이 너무 많단다. 그저 우리가 관심을 갖지 않고 신경 쓰지 않았을 뿐이야. 조금만 관심을 가지고 바라본다면 내가 해야 할 일들이 아주 많아. 그것이 작은 일이든 큰일이든 말이야. 거기에서 시작하면 된단다. 그런 작은 움직임들이 모여 변화를 만들고 그 변화가 사회를 바꾸는 거야. 이거 한다고 뭐가 되겠어 하는 마음보다 우선 시작하는 마음이 더 중요하단다.

선생님은 지금부터 너희들이 사회의 주체가 되는 그 순간까지 시민이 되었으면 좋겠어. 그저 바라보는 사람이 아니라 그 안에서 끊임없이 움직이고 활동하는 사람, 선생님의 제자들이 꼭 그런 시민이 되었으면 좋겠다."

Part 6

학교는 어떤 곳인가?

매일매일 힘겹게 살아가는 학생 모두에게

학교는 공부하는 공간이 아니라

삶을 나누고 이야기하는 곳이어야 한다.

우리 모두가 서로를 하나의 인간으로 인정하고

이야기를 들으며 소통하는 자세,

그것부터 시작해야 한다.

새학기의 시작은
나에게 시를 짓는 것이다

새학년 반편성

새해는 1월 1일 해돋이와 함께 시작되지만, 학교에서는 3월 초의 개학식 또는 입학식과 함께 새해가 시작되는 것이 보통이다. '시작'이라는 단어가 주는 기대감, 설레임, 흥분은 그즈음 무엇을 하든지 간에 비슷한 무게감을 준다. 아이들과의 첫 만남. 목소리에 묻어나는 약간의 떨림과 손끝에 실리는 미세한 진동은 매년 다르지 않다. 시간이 지나도 쉬이 익숙해질 것 같지 않다.

사실 아이들의 시작과는 다르게 선생님들은 2월부터 새로운 학기를 준비한다. 입학 또는 진급된 아이들의 반편성과 함께 새로운 학기의 담임교사와 담당업무가 발표된다. 졸업식이 끝날 무렵이면 이미 선생님들의 새로운 학기는 시작된 것과 다름없다. 이제 아이들을 맞이할 준비를 해야만 한다. 일 년 동안 같이 하게 될 선생님들을 만나게 되는 첫 '학년회의' 시간. 학년부장님으로부터 새로운 반과 아이들의 명단이 건네지면 앞으로 일 년 동안 함께할 35명 남짓의 이름이 내게 펼쳐진다.

1번부터 35번까지의 이름. 예전에는 키 순서대로 번호가 정해지거나 혹은 남학생과 여학생을 구분해서 번호가 주어지는 경우가 대부분이었다. 요즈음은 한글 자모순으로 번호를 주는 경우가 대부분이다. 그 번호와 함께 아이들의 지난 성적자료 또한 내 눈앞에 펼쳐져 있다. 성적순으로 정리된 자료. 그 자료를 보고 올 한 해 어느 대학에 어떤 아이를 보낼 수 있을지 가늠해 보는 것이 나도 모르게 습관이 되었다. 더불어 아이들에 대한 담임선생님의 기대감 또는 아쉬운 탄식들이 얼굴에 묻어나오기도 한다.

회의가 끝나고 나면 새학기의 준비는 이제부터 시작이다. 학기 초 아이들을 만날 때를 대비해 여러 가지 것들을 미리 준비해야 한다. 교실에 가서 책 걸상과 사물함이 인원수대로 있는지 확인하는 것부터, 학교비품과 교실 내외부를 다시 한 번 꼼꼼하게 챙기는 것 역시 잊지 말아야 한다. 주소록, 학생 정보, 청소당번, 급식조사서, 자기주도학습, 보충수업까지 준비해야 할 자료들이 하나 둘이 아니다. 미리 정리하고 챙기지 않으면 바쁜 3월 내내 정신 없이 지내다 놓치는 것들이 생길 수 있다.

틈틈이 작년 담임선생님을 통해 아이들의 정보를 얻기도 한다. 공부 열심히 잘하고 말 잘 듣는 아이들부터 "고생 꽤나 하겠어요" 하는 위로 섞인 말까지. 요즘은 부모님들이 워낙 학교에 관심이 많다 보니 부모님의 이야기까지 덤으로 듣게 되는 경우도 많다. 원하든 원하지 않든 이런저런 정보들이 자연스럽게 귀에 들려온다.

처음 교사를 할 때엔 그런 정보 하나하나에 귀를 기울이기도 하고, 일부러 물어보기도 했다. 하지만 그런 정보들은 대부분 아이들에 대한 선입견을 갖게 하는지라 한 귀로 듣고 한 귀로 흘려 버린다. 그런 정보들은 아이들을 이해하는 데 도움이 되기보다 방해가 되는 경우가 더 많다. 아이들과 생활하면서 자연스럽게 깨우치는 것이 학기초에 내가 해야 할 가장 중요한 일이다. 시간이 지날수록 내 눈으로 보고 판단하는 것이, 직접 생활하며 경험하는 것이 더 필요하다는 것을 느끼게 된다. 물론 시간이 부족할 수도 있고 아이들을 하나하나 파악하는 게 더 힘이 들 수도 있지만, 그런 과정이 나에게는 가장 소중한 시간이다.

사람과 사람이 만나고 그 사람을 알아나가는 과정이 시(詩)를 만드는 것이라고 생각한다. 주변에 보이는 이름 없는 것들에 관심을 가지며 애정을 주는 것이야말로 존재의 참된 의미를 찾아나가는 것이 아닐까? 새로운 학기를 시작하는 담임으로서 바른 자세이기도 하다. 교과서에 나오는 김춘수 시인의 '꽃'이란 시의 내용처럼 '내가 아이들의 이름을 불러 주었을 때 아이들은 나에게로 와서 꽃이 되었다.' 나도 개학한 날 아이들의 이름을 하나하나 불러주고 싶다. 그리고 졸업하는 그날 아이들과 생활한 모습 그대로의 이름을 가슴에 새기며 다시 한 번 곱씹어 불러주고 싶다. 그대들 모두 예쁜 꽃으로 기억하리라고. 그래서 새학기의 시작은 나에게 있어 시를 짓는 것과 같다.

삶을 나누고 이야기하는
소통의 공간

학교의 의미

살다 보면 누구나 어려움과 슬픔에 빠진다. 그것이 무엇이든지 그 순간만큼은 세상의 전부처럼 느껴지기도 한다. 특히 학창시절에는 더욱 그렇다. 하지만 그게 어디 학창시절에만 국한된 일이겠는가. 앞으로 살아갈 더 많은 날들 중에 그런 일은 무수히 벌어질 것이다.

이럴 때 어른들은 이렇게 말한다. 다들 그러면서 크는 거라고, 세상일이란 쉽지 않은 거라며 대단하지 않은 일로 치부한다. 그러나 어른들이 아무리 별일 아니라고 해도 당사자에게는 그만큼 중요하고 고민되는 일이라 대수롭지 않게 넘기기 어렵다.

아파서 병원에 가본 적이 있는가? 병원 대기실에는 다양한 원인으로 아픈 환자들이 있다. 흔한 감기부터 생사가 걸린 위중한 병까지. 그럼에도 불구하고 모든 환자가 의사에게 매달리며 아프지 않고 건강하게 만들어달라고 한다. 나만큼은 내 아이만큼은 내 부모님만큼은 아무 일 없게 해달라며 조금이라도 더 봐달라고 의사에게 애원한다. 그렇게 병원에 가면 오로지 자신의 병만 보인다.

아이들의 아픔과 슬픔도 환자의 병을 돌보듯 하나하나 관심을 가져야 하며 별것 아니라며 지나치지 말고 신경을 쓰며 관심을 가져야 한다.

학창시절에는 참으로 많은 어려움들이 있다. 교우관계에서 시작해 성적, 부모님과의 관계, 장래의 비전, 이성친구와의 연애, 가정환경 등 무수히 벌어지는 어려움 속에서 선생님은 과연 어떤 도움을 줄 수 있을까?

가장 좋은 것은 이러한 문제들을 단번에 해결해 주는 것이다. 마치 시험지의 정답처럼 콕 하나 찍어 '이게 정답이야' 해주면 될 텐데 세상일은 그렇게 단순하지 않고 늘 어렵기만 하다. 가장 좋은 방법이 어렵다면 차선책을 찾아야 한다. 차선책은 슬픔과 어려움을 함께 나누는 것이다.

처음 교사가 되었을 때 아이들이 가진 어려움을 해결해주려고 했다. 내가 살아보니 이렇게 하는 게 맞아. 그러니 어리석은 짓 하지 말고 선생님 말을 따르라고 윽박지르듯 아이들을 설득했다. 하지만 그 방법은 아이들을 내게서 멀어지게만 했다. 이제는 해결책보다는 고민을 들어주고 나누고 덜어주려고 한다. 교사인 내가 나누어 갖고 때론 친구에게 때론 부모님에게 나누어주려고 한다. 그렇게 나누다 보면 교사인 나와는 물론 함께 고민한 친구들조차 조금은 가까워진 듯한 느낌을 갖게 된다.

하지만 이 역시도 모든 것을 해결해주지 않는다. 하나의 좋은 방법이긴 하지만 각각 처한 환경이 다르다 보니 나누는 것만으로 해결되지 않는 것들이 있다. 그렇다면 이런 것들은 어찌 하는 게 좋을까. 슬픔과 어려움을 나눈다고 해서 없어지거나 작아지지 않는다. 어려움은 앞에 놓인 장벽, 장애물 하나 치운다고 해결되지 않는다. 그걸 이겨내는 것은 그러한 어려움을 몸으로 직접 받아들이는 것이다. 비온 뒤에 땅이 굳어진다고 상황을 인정하고, 받아들이며 스스로를 다부지게 만들어야 한다. 앞에 놓인 일을 두려워하거나 겁먹지 말고 그것과 싸워 이길 용기가 필요하다. 물론 용기란 생각만으로 만들 수 없다. 그 용기를 위해 주변 사람들이 해줄 수 있는 것은 무엇일까? 그것은 어쩌면 그 싸움을 해나가는 그들에게 빌려줄 작은 어깨 하나면 된다. 힘들고 지칠 때 가만히 기대어 쉴 수 있는 어깨와 그늘만 있으면 된다. 아무것도 없이 태양만 뜨겁게 내리쬐는 텅 빈 들판에 홀로 내버려진 사람에게는 그저 쉬어가며 목 축일 수 있는 나무그늘 하나만 있으면 된다. 그곳에서 잠시 쉬며 다시 걸을 수 있게 해주면 된다. 더 큰 무언가가 필요한 것이 아니다.

교사가 할 일은 해결해 주는 것도 나눠주는 것도 아니라 묵묵히 지켜보며 응원해 주는 것이다. 힘들어할 때 아무 말 없이 어깨를 한 번 '툭' 하고 쳐 주거나, 지나고 난 후 "고생했지?"라는 말 한 마디면 충분하다. 그냥 왜 힘든지 이야기를 들어주면 된다.

어쩌면 지금의 아이들에게 아니 이 땅을 사는 모든 사람들에게는 소통의 창구가 필요한지도 모른다. 문제아나 학교 부적응자들에게만 상담이나 소통이 필요한 것이 아니라 매일매일을 힘겹게 살아가는 학생 모두에게 학교와 교실은 공부하는 공간이 아니라 그들의 삶을 나누고 이야기하는 곳이어야 한다. 우리 모두가 서로를 하나의 인간으로 인정하고 그들의 이야기를 들으며 소통하는 자세 그것부터 시작해야 한다.

부끄럽고 쑥스럽지만
매일 아침마다 "사랑합니다"

아침인사

나는 아이들과 장난을 치며 친하게 지내는 편이지만, 무뚝뚝한 성격이라 살갑게 어우러지지는 못한다. 그저 무던히 지켜보거나 생각나면 한두 마디 '툭' 하고 말을 건넨다. 그래서 아이들로부터 무심하다는 말을 자주 들어 고치려고 하지만 쉽지 않다. 머리로 생각하는 것보다 표현하는 것이 더 중요하다는 건 알지만 아이들에게 다정스레 말을 건네지 못한다. 그저 관심의 표현으로 어깨 한번 쳐주는 것이 더 익숙하다.

아이들은 나이가 들면 졸업을 하고, 또 그 또래의 아이들이 학교를 채우지만, 선생님은 나이가 들어도 여전히 제자리일 수밖에 없다. 그래서 그런지 아이들과의 나이차는 점점 커지고 아이들에게 다가가는 게 쉽지 않다. 아이들의 눈높이에서 다정하게 이런저런 이야기도 하며 친구처럼 지내야 할 텐데 아이들의 아버지 나이가 되어 버려 말 없이 무게만 잡고 있는 듯한 느낌이 든다. 그저 나이가 들어 그러려니 하고 지나칠 문제는 아니다.

이런저런 고민 끝에 아침인사를 해보면 어떨까 하는 생각을 했다. 평소 인사는 마음에 내키고 자연스럽게 하는 게 좋다는 생각에 수업을 시작하거나 끝날 때 하는 인사를 생략해 왔다. 종이 치고 수업 시간에 들어가면 아이들이 반갑게 "안녕하세요" 하며 인사하는 편이 좋아 반장이 일어나 인사라도 하려고 하면 손사래를 치며 막았다.

"선생님은 다 같이 하는 인사 별로 좋아하지 않는다. 그냥 이렇게 들어오고 나갈 때 자연스럽게 인사하는 게 좋아. 그러니 굳이 그렇게 인사하지 않아도 된단다."

이렇게 말하면 처음에는 조금 멈칫거리다 며칠 지나면 자연스럽게 받아들인다. 그렇게 자연스러운 인사를 고집하던 내가 아침인사를 떠올린 것은 아이들과 조금은 특별한 인사를 해보고 싶었기 때문이다.

보통의 경우 인사라면 누군가를 향해 하는 것이다. 그래서 '안녕하세요', '감사합니다', '고맙습니다'와 같은 인사를 하는 것이다. 인사를 받는 대상의 안녕을 묻거나 나의 마음 상태를 표현하는 것이 인사인 셈이다. 그런 일방적인 인사보다 함께하는 인사가 하고 싶어졌다. 그저 편안하게 오늘 하루 어떻게 지냈으면 좋겠다거나, 하고 싶었던 말을 인사에 담아 반의 모든 아이들과 함께 나누면 어떨까 하는 생각이 들었다. 그런 인사라면 아침 조회가 끝난 후 우리 반 아이들과 목청껏 소리내어 인사를 나눌 수 있을 것이다.

다음날 아침 아이들에게 이런 나의 마음을 털어놓는다.

"우리 아침마다 인사를 해보는 게 어때. 선생님에게 하는 인사가 아니라 우리 모두에게 하는 인사 말이야. 누군가를 향해 하는 인사가 아니라 자기 자신에게 하는 인사여도 괜찮을 것 같고, 아니면 우리 반 모두에게 하고 싶었던 말을 하는 것도 괜찮겠지. 늘 같은 인사보다 매일매일 새로운 인사를 하는 것도 괜찮을 거 같고. 선생님도 너희들에게 하고 싶은 말이 있는데 인사를 핑계 삼아 할 수도 있을 것 같아서.

어때? 재미있을 거 같지? 오늘은 선생님이 시작할 테니 내일부터는 1번부터 돌아가면서 하자. 특별히 생각나는 인사가 있다면 그 사람부터 해도 좋을 거 같아. 그런데 이렇게 이야기하면 대부분 안 하려고 하니까 1번부터 순서대로 돌아가자 차례대로. 한 달 반 정도 지나면 한 번씩은 다 하게 되겠지. 미리미리 준비해 두는 거다.

오늘은 선생님 순서인데. 조금 쑥스럽지만 오늘의 인사는 '사랑합니다'로 하자. 애인한테도 못해준 말인데 너희들에게 하려니 쑥스럽긴 하다. 선생님 입에서 이런 말 나오는 경우 흔치 않으니 영광으로 알아. 가끔은 미운 놈도 있고 보기 싫은 놈도 있긴 하지만. 그래도 우린 엄청난 인연을 가지고 만난 사이 아니겠니. 지금뿐만이 아니라 오랜 시간이 흘러도 우린 지금 이 시간에 같은 반이었다는 사실을 오래도록 기억할 거야. 그런 의미에서 오늘은 선생님이 너희들을 사랑한다는 의미, 부인하고 싶겠지만 너희들도 나를 사랑한다는 의미 그리고 우리 모두가 서로를 사랑한다는 의미를 담아서 '사랑합니다' 하고 인사하자. 닭살스러워도 참고 해보자. 선생님이 먼저 할 테니 너희들도 따라하는 거다. 알겠지?"

막상 하려니 입이 잘 떨어지지도 않고 민망하기도 하다. 내가 먼저 이야기를 꺼내 놓고 하지 않을 수 없어 용기를 내어 외쳐 본다.

"사랑합니다!"

아이들은 나의 그런 모습이 우스웠는지 인사할 생각은 하지 않은 채 웃으며 쑥덕거리고만 있다.

"어라! 같이 하기로 했잖아. 선생님 바보 만들래. 안 하면 니들 죽는다. 자, 다같이 하는 거다. 알았지?"

"사랑합니다!"

그제야 아이들도 조용히 외친다.

"사랑합니다!"

"선생님보다 목소리가 작네. 자, 크게! 사랑합니다!"

아이들도 "사랑합니다!" 하고 큰소리로 외친다.

이 세상의 모든 부모들에게 가장 소중한 것이 아이들이듯, 선생님에게 가장 소중한 존재는 아이들이다. 그 아이들 때문에 어쩌면 어제 오늘 그리고 내일을 견디며 사는 것인지도 모른다. 늘 아이들이 소중하다는 것을 알면서도 그동안 이런 나의 마음을 표현해 주지 못했는데 인사를 핑계 삼아 '사랑합니다'라고 외치니 쑥스럽긴 해도 마음이 후련하다.

동시에 아이들은 과연 내일 조회시간에 어떤 인사를 할지 벌써부터 기대가 된다. 물론 인사를 준비해 오는 아이들보다 그저 아무런 준비 없이 오는 아이들이 더 많을 것이다. 그럴 때마다 우리 반은 '사랑합니다'를 외치게 될 것이다. '안녕하세요'라는 그 뻔한 인사보다 함께 '사랑합니다'를 외친다고 생각하는 것만으로 기분이 좋아진다. 사람이 사람을 사랑한다는 것. 그것만큼 좋은 일이 또 있으랴. 사람의 꿈이 사랑이었으면 좋겠다. 그래서 그 꿈을 외치는 것이 더 이상 부끄럽고 쑥스러운 일이 되지 않았으면 싶다.

우리는 왜 거기로
소풍을 가야 할까

소풍 장소 결정하기

 4월은 꽃의 계절이다. 여기저기 눈을 돌리기만 해도 마음을 행복하게 하는 것들이 곳곳에 지천이다. 매화, 목련, 개나리, 벚꽃으로 이어지는 꽃의 향연은 찌들었던 일상 속에서 잠시 숨 돌릴 틈을 만들어준다. 힘들고 짜증스럽던 일상이 사라지진 않더라도 잠시 숨을 고르게 해주는 마술 같은 그 무엇이 거기에 있다.

길을 걷는다. 유명한 곳은 아니더라도 학교 교정을 걷다 보면 눈앞으로 꽃잎이 떨어진다. 멍하니 서서 그 모습을 보면 마치 영화 속 주인공이라도 된 양 두 팔 벌리고 서서 꽃잎 맞으며 한바탕 뛰어보고 싶은 생각이 들기도 한다. 이렇게 흐드러지게 꽃이 핀 봄이거나, 낙엽 밟는 소리가 들리는 가을날에는 계절에 대해 그리고 낭만에 대

해 아이들에게 이야기해도 공감해줄 듯싶다.

이효석의《메밀꽃 필 무렵》을 설명하며 아이들에게 달빛이 흐드러진 밤 여기저기 메밀꽃이 흐드러지게 피어 있는 길을 오롯이 걷는 허생원과 동이의 삶도 이러했다고 이야기해도 아이들은 전혀 감동받지 않고 오직 나 혼자만 입 벌리고 있는 현실이 안타까울 뿐이다. 왜 이런 봄이 나에게만 오고, 아이들에는 오지 않을까 안타까워해도 봄은 그저 낯선 계절인가 보다.

아이들에게 봄 소풍 얘기를 꺼내자 너 나 할 것 없이 눈이 번쩍인다. 아이들에게 봄은 꽃이 아니라 소풍인가 보다. 봄이 학교 한 가운데에 와 있는 지금 아이들에게 꽃보다 현장학습이 더 중요하다. 요즘에는 학년 전체가 한 곳으로 가는 소풍을 지양하고 반별로 의미 있는 곳을 찾아간다. 우리 반 역시 아이들과 함께 어느 곳으로 현장학습을 다녀올지 아침 조회시간에 이야기하기로 했다.

"현장학습을 어디로 가면 좋을까?"라는 말이 끝나기 무섭게 여기저기서 흥분을 가라앉히지 못한 채 웅성거리기 시작한다. 몇몇 아이들은 벌써 장소가 정해지기라도 한 듯 놀 생각에 들떠 있다.

아이들이 외치는 소풍 장소는 대부분 인근 놀이공원이다. 아이들에게 소풍은 학습의 장이라기보다 하루 재미있게 놀다 오는 것일 뿐이다. 이런 아이들의 바람과는 다르게 학교에서는 교육의 목표를 구현할 수 있는 곳으로 장소를 정하라고 한다. 어쩔 수 없이 놀이공원을 제외하고 찾아보자고 하니 다들 불만이 가득한 표정이다. 아무리 현장학습의 목적을 되새겨 주어도 그냥 놀이공원에 가자는 말만 되풀이할 뿐이다. 아이들의 마음은 이해하지만 교사이기에 어쩔 수 없이 다독이며 대안을 제시할 수밖에 없다.

"얘들아, 놀이공원에서 우리가 할 수 있는 게 뭐가 있니. 놀이기구 타고 하루 신나게 놀고 오면 끝이잖아. 그마저도 사람이 많아 줄 서고 기다리다 보면 하루가 다 지나가 버려. 놀이공원에서 놀다 올 거라면 학교에서 시간을 내가며 갈 필요가 있을까? 무엇인가 배우고 경험할 수 있는 의미 있는 곳을 찾아보는 건 어떨까?"

이렇게 말하지만 내 이야기는 아이들의 귀에 더 이상 들리지 않는다. 이럴 땐 아무런 대안 없이 아이들에게 답을 구하는 것은 불가능에 가깝다.

"선생님이 몇 가지 생각해 놓은 게 있는데 한번 들어보지 않을래? 들어보고 마음에 들지 않으면 다시 이야기해 보자. 놀이공원은 빼기로 했으니 가까운 곳 중 교과서에 나오는 유적지를 다녀오는 것은 어떨까? 미리 사전 조사를 하고 비교하면서 체험해 보는 거지. 두 번째는 대학탐방을 가는 거야. 과연 대학에서 무엇을 배우는지 어떻게 생활하는지 미리 보는 거야. 탐방 갈 대학에 다니는 너희 선배에게 연락해서 좀 더 자세한 내용을 들을 수도 있고. 어때? 세 번째는 대학로에 가서 공연을 보는 거야. 영화는 주변에서 쉽게 접할 수 있으니 뮤지컬이나 연극 같은 걸 보면 재미도 있고, 문화 체험도 할 수 있으니 말이야."

이렇게 몇 가지 대안을 제시해 보지만 아이들의 반응은 여전히 미지근하기만 하다. 더군다나 한 녀석은 "선생님! 대학탐방이나 공연 보는 건 너무 시시해요. 그냥 놀이공원에 가서 신나게 놀고 오면 정말 안 되나요? 너희도 그게 좋겠지?" 하며 아이들의 동의를 구하자 아이들은 다시 흥분하기 시작한다.

그 모습을 보며 나 역시도 아이들을 맘껏 놀게 하고 싶다는 생각이 들었다. 그러나 다시 생각해 보면 안 그래도 컴퓨터 게임, PC방, 노래방이 놀이문화의 대부분인 아이들에게 제대로 노는 법을 알려 주는 게 맞다는 생각에 다시 말을 이어간다.

"얘들아! 우리는 여행을 왜 갈까? 뜬금없이 선생님이 여행 이야기를 해서 이상하지? 그래도 한번 생각해 보자. 과연 우리는 여행에서 무엇을 얻기 위해 떠나는 걸까? 선생님이 생각하기에 여행이란 낯선 곳에서 새로운 사람들을 만나고, 새로운 장소에서 나를 찾아가는 거라고 생각해. 잠시 현실에서 한 발자국 떨어져 있을 때 내 실체가 더 잘 보일 거야. 그래서 우리는 낯선 곳에서 나를 보면 이전에 알지 못했던 나를 읽을 수 있어.

놀이공원에서 노는 것은 지금 우리에게 꼭 필요한 일은 아니잖아. 선생님은 학교에서 가는 현장학습은 그냥 단지 웃고 노는 일이 아니라 기왕이면 우리 모두 함께 오래도록 기억에 남는 일이었으면 좋겠어. 그냥 아무 생각 없이 단지 놀고 즐기는 사람보다 그 안에서 하나라도 더 배우고 깨우치려는 생각이 있었으면 해.

지금 내가 하는 이야기가 너희들에게 어떻게 들릴지 모르겠다만 이번 우리 반의 현장 학습이 그냥 공원에 다녀오거나 놀이공원에서 신나게 놀다오는 게 아니라, 학년 전체의 현장학습에서 가장 의미 있는 활동으로 평가되었으면 하는 것이 선생님의 작은 욕심이야. 지금 당장 결정하지 않아도 되니 내일까지 우리 같이 고민해보도록 하자.”

이렇게 말을 마치자 아이들의 뾰로통한 반응이 사라지긴 하지만 여전히 썩 내켜 하지 않는 표정이다. 내일 어떤 결과가 나올지 모르지만, 그래도 놀이공원을 가자고 한다면 그 이유가 좀 더 명분 있는 것이길 바란다.

사람도 풍경으로
피어날 때가 있다

국어시간에 시를 읽으며

아이들에게 좋은 수업이란 무엇일까 늘 고민을 한다. 선생이란 이름으로 아이들 앞에 서는 매 순간 생각하고 또 생각하는 문제이다. 교과서에 정해진 내용을 알기 쉽게 설명해 주는 수업이 기본이겠지만 아이들에게 교과서의 내용을 알려주는 것만이 능사는 아니라고 생각한다. 지금의 아이들은 공부하는 양이 지나칠 정도로 많다. 이미 초등학교 때부터 학원을 서너 군데 다니며 공부가 일상이 되어 버렸다. 그래서 그런지 학교를 학원처럼 생각하는 경우도 많고, 선생님에 대한 생각도 예전과는 많이 다르다.

수업을 하다가 아이들의 삶에 도움이 될 만한 이야기를 해주는 경우가 간혹 있다. 지나치지만 않다면 이러한 이야기가 꼭 필요하다고 생각하기 때문이다. 마침 오늘 배울 단원명이 '사람이 아름답다'이 길래 좋은 이야기를 꺼낼 수 있을 거 같다.

"이번 시간에 배울 단원의 제목이 '사람이 아름답다'야. 그렇다면 어떤 사람이 아름다운 사람일까? 아름다움에는 외적인 모습도 있고 내적인 모습도 있어. 외적인 모습은 타고 나는 거지. 나의 의지나 노력으로 만들 수 있는 게 아니니까. 물론 요즘에는 성형수술로 외모를 만들기도 하지만 근본적으로 외적인 모습을 바꿀 수는 없겠지. 더군다나 외모를 평가하는 기준은 시대에 따라 변하거든.

그리스 로마 시대 미인의 모습, 조선시대 미인의 모습과 요즘 미인의 모습은 많이 다르지. 예전에는 아이를 잘 낳아야 하기 때문에 지금처럼 마른 여자보다는 통통한 여자를 더 선호했어. 그런데 지금의 미인상은 점점 서양화되어 가고 있지. 큰 키와 마른 몸, 에스라인을 가지고 있어야 미인이라고 생각하는 거야. 모두가 그렇게 되기 위해 다이어트를 하고 성형을 하지.

TV를 틀면 예쁜 사람들이 많이 나오지만 다들 비슷비슷하게 생겼어. 현실에는 다양한 모습들이 존재하는데 왜 TV에 나오는 사람들은 다 그렇게 비슷한 걸까. 그렇다고 너희들이 못났다는 소리는 아니야."

여기저기서 웃음소리가 흘러나온다. 이렇게 웃음을 주어야 아이들도 지루해하지 않고 내 이야기를 듣는다. 가끔은 개그맨이라도 된 양 행동도 표정도 재미있게 지어 보인곤 한다. 누군가는 선생님의 수업도 일종의 종합 엔터테인먼트라고 이야기하는데 그때는 흘려들었던 이야기가 이제는 무슨 뜻이었는지 알 것 같다. 다시 이야기를 이어나간다.

"물론 외적인 모습 때문에 사람이 아름다운 건 아니야. 그렇다면 아름다움이란 무엇일까? 여기에서 이야기하는 아름다움은 내적인 것을 말하는 거야. 내면을 아름답게 가꾼다는 것은 어떤 것일까? 아마도 어떤 가치를 가지고 살아가느냐의 문제겠지. 어떤 사람은 돈이라는 가치를 추구하며 살아갈 거야. 그렇다면 그 사람은 오로지 돈을 모으기 위해 앞만 보고 달려갈 거야. 주변을 쳐다 볼 시간도 없이 오로지 돈을 버는 것이 인생의 목적일 테니까. 때론 나쁜 일도 서슴지 않고 하거나 주변 사람들을 밟고 일어나는 경우도 있을 거야. 그럼에도 불구하고 자신의 행동을 정당화하는 거야. 왜냐하면 삶의 모든 가치가 돈에 있으니까. 이건 분명히 잘못된 태도겠지.

그렇다면 우리는 어떤 가치를 가지고 살아야 할까? 올바른 가치란 무엇일까? 이것은 선생님이 해답을 줄 수 없는 문제야. 각자 생각하는 것이 조금씩 다를 테니까. 하지만 분명한 것은 위인들이나 훌륭한 사람들은 모두 나를 위하기보다 다른 사람을 위하며 살았다는 거야.

바르게 산다는 것이 어떤 것인지 선생님이 답을 내려줄 수는 없지만 선생님은 너희들 모두 답을 알고 있을 거라 생각해. 너희들의 삶이 좀 더 행복해지는 방법 또한 여기에 있을 거야. 많이 가지는 기쁨보다는 조금 덜 가지더라도 함께 나누는 삶. 신문에서 가끔 보이는 뉴스 중의 하나가 열심히 일해서 모으고 저축한 돈을 대학이나 힘든 사람을 위해 기부하는 경우도 보았잖아. 그걸 보며 우리는 모두 아름답다고 이야기하지. 그래 이번 단원의 아름다운 사람이란 건 바로 이런 거야. 선생님은 이 수업을 듣는 너희들 모두가 이런 아름다운 사람이 되었으면 해. 그런 의미에서 교과서에 나와 있는 정현종 시인의 시를 함께 읽어보자."

　　사람이 풍경으로 피어나

　　사람이
　　풍경으로 피어날 때가 있다
　　앉아 있거나
　　차를 마시거나
　　잡담으로 시간에 이스트를 넣거나
　　그 어떤 때거나

　　사람이 풍경으로 피어날 때가 있다

그게 저 혼자 피는 풍경인지

내가 그리는 풍경인지

그건 잘 모르겠지만

사람이 풍경일 때처럼

행복한 때는 없다

"우리 모두 전경이 아니라 주인공이 아니라 풍경으로 피어나 누군가를 빛나게 해줄 아름다운 사람이 되어 보자. 그렇다면 선생님도 너희들을 빛나게 해주려고 이렇게 열심히 수업을 하니까 아름다운 사람인가?"

여기저기에서 "우", "에이" 하는 소리가 들린다. 그 소리도 기분 좋게 들리는 이유는 이 아름다운 아이들이 앞으로 풍경으로 피어날 것을 믿기 때문이다.

왕따가 되지 않으려고
친구를 왕따로 만드는 아이들

왕따 문제

항상 밝은 얼굴로 웃던 재윤이가 며칠째 얼굴이 어둡다. 평소에 복도에서 마주치면 높은 톤의 반가운 목소리로 인사하고 수업 시간에도 생글거리던 아이였다. 그런데 무슨 일인지 며칠째 축 늘어져 있다. 몸이 안 좋아서 그런가? 아니면 지쳐서 그런가? 좀 지나면 괜찮아지겠지 하며 대수롭지 않게 여겼다. 그런데 일주일이 다 되어가도록 여전히 얼굴에 그늘이 가득하다. 무슨 일이 있나 싶어 아침 자습시간에 공부하고 있는 재윤이를 부른다. 화들짝 놀라는 녀석의 얼굴에 원망의 눈빛이 느껴진다. 복도에서 이야기하려다 아이들의 눈을 피해 학교 뒤뜰로 나간다.

"재윤아 무슨 일 있니? 요새 얼굴이 너무 어두워서 선생님이 걱정이 되는구나. 집에 무슨 일이 있는 거야? 아니면 학교생활이 너무 힘들어서 그런 거야? 친구 사이에 무슨 문제라도 생긴 거니?"

재윤이는 고개를 숙인 채 한동안 말이 없다. 이럴 땐 가만히 옆에서 말을 꺼낼 때까지 기다리는 수밖에 없다. 꽤 시간이 흘렀음에도 불구하고 재윤이는 고개를 숙인 채 애꿎은 땅만 발로 차고 있다. 이럴 땐 도대체 어찌 해야 할지 모르겠다. 모든 문제를 교사가 해결해줄 수 있다면 좋겠지만 늘 그럴 수 있는 건 아니다. 어떤 문제에 딱맞는 해결책이란 게 과연 있기는 한 걸까? 아이의 이야기를 듣고 이런저런 방법이나 조언을 해주는 정도가 대부분이다. 그것도 스스로 입을 열고 고민을 털어놓을 때 가능한 것이지 아이가 이렇게 입을 다물고 있다면 방법이 없다.

여전히 아무 말도 하지 않는 재윤이에게 지금 말하기 힘들면 언제라도 좋으니 찾아오라고 이야기한다. 재윤이를 먼저 교실로 보내고 잠시 그 자리에서 며칠 동안의 교실풍경을 떠올려 본다. 특별히 달라진 건 없지만 며칠 전부터 늘 함께 지내던 아이들과 떨어져 있던 재윤이의 모습이 생각난다. 그것과 함께 요즘 들어 유난스럽게 아이들끼리 모여 이야기하던 모습도 기억이 난다. 아이들 사이에 뭔가 오해가 생겨서 그런가 보다 짐작하지만 정확히 모르고 속단할 수만은 없다. 우선은 몇몇 아이들을 불러 물어보지만, 원하는 대답은 나오지 않는다. 아이들이 재윤이에 대해 말하기를 꺼리는 눈치다. 아이들 사이에 무슨 일이 벌어진 것이 분명했다.

그날 저녁 재윤이가 나를 찾아왔다. 아마 아침에 하지 못한 이야기를 하러 온 것이리라. 생각보다 일이 심상치 않게 돌아가고 있다는 짐작에 아이들에게 보이지 않는 옥상으로 녀석을 데리고 올라간다. 상담실이 있긴 하지만 이럴 땐 상담실보다 둘만의 공간이 더 나으리라 하는 생각에서였다. 한참 동안 말을 하지 않고 고개만 숙이고 있는 재윤이 옆에 아무 말 없이 앉아 있다. 시간이 얼마나 흘렀을까? 아이의 답답함과 나의 무거운 마음이 주위를 억누르고 있을 때쯤 재윤이가 말문을 연다.

"선생님, 힘들어요. 누구에게도 얘기할 수 없고 들어주지도 않아요."

"힘들겠구나. 그래서 선생님 찾아온 거잖니. 선생님이 문제를 해결해 줄 수는 없겠지만 그래도 너 혼자 고민하는 것보다는 낫지 않을까? 뭣 때문에 그러는 거야?"

아이가 힘들게 꺼낸 말이니 조금 더 차분히 기다렸으면 좋으련만. 아이가 말을 꺼내자마자 이것저것 묻느라 정신이 없는 스스로에 놀라며 잠시 호흡을 가다듬고 아이의 말을 기다려 본다. 재윤이는 다시 한숨을 길게 내쉬고 말을 이어간다.

"선생님, 학교 다니기가 너무 힘들어요. 학교를 그만두든지 전학을 가든지 해야 할 것 같아요."

재윤이의 말에 머릿속이 혼란스러워진다. 내가 생각했던 것보다 상황이 더욱 좋지 않나 보다. 물어보고 싶은 말은 많지만 실수를 되풀이하지 않기 위해 다그치지 않고 재윤이의 말을 기다린다. 마음속에 담아 놓은 말을 풀어 놓을 때까지. 한참 뜸 들이던 녀석이 다시 조심스럽게 말을 이어간다.

"아이들이 저를 상대해 주지 않아요. 예전처럼 같이 밥을 먹거나 이야기를 할 수 없어요. 제가 없으면 잘 이야기하다 제가 나타나면 아무 말도 하지 않거나 자리로 돌아가요. 제가 한 친구의 뒷담화를 하고 다녔다는 거예요. 친구 사이를 이간질시켰다고요. 그래서 그것 때문에 아이들이 저를 힘들게 해요. 교실이든 어디든 제가 보이기만 하면 아이들이 저를 따돌리는데 정말 못 견디겠어요."

"정말 네가 그런 말을 하지 않았다면 아이들과 오해를 풀어야지. 어떤 방법으로든."

"아이들이 만나주지도 않고 제말은 들으려고도 하지 않아요."

"그래, 그렇겠지. 음. 이제 이유는 알았고 선생님도 알아볼 테니 너도 몇몇 친구들에게 한번 말해봐."

이렇게 말은 하지만 아이들 사이에서 벌어지는 오해와 갈등을 누군가가 나서서 해결하기란 쉽지 않다. 수많은 이해관계와 알력들이 있을 테고, 그 안에서 벌어지는 일에 대해 내가 알고 있는 것은 일부이거나 작은 부분에 지나지 않을 테니. 대부분 시간이 흐르면서 자연스럽게 오해가 풀리고 해결되는 경우도 많지만 정작 그 순간에 당사자는 괴롭고 힘들 수밖에 없다.

재윤이의 말을 듣고 다른 한 아이를 시간 내어 부른다. 그 아이의 표정은 내가 부르는 순간부터 좋지가 않다. 그럴 줄 알고 있었다는 듯 혹은 무엇을 말하려는지 다 알고 있다는 듯.

"요즘 무슨 일 있니? 예전에는 잘 어울리더니 요즘에는 사이가 안 좋고 냉랭해진 거 같아서. 너희들 사이에 안 좋은 일이 있니?"

"선생님, 벌써 재윤이한테 이야기 듣고 오신 거죠? 그 이야기라면 저도 할 말이 없어요. 재윤이가 뭐라고 그랬는지 몰라도 저 역시 힘들어요."

"너희들 사이에 어떤 일이 벌어진 건지 정확히는 모르겠지만 오해 때문에 비롯된 일이라면 서로 이야기하면서 푸는 게 좋지 않을까? 오해가 아니더라도 우선은 이야기를 해봐야지. 그래야 누가 잘못을 했는지 알 수 있고, 정말 잘못했다면 그 사람이 사과하면 되지 않을까? 사람은 누구나 실수도 할 수 있고, 용서받을 자격 또한 있다고 생각하는데. 그러면서 더욱 가까워지는 거잖아. 알아, 쉽지 않다는 거. 그런데 지금은 정말 중요하다고 생각하는 일들이 시간이 지나고 나면 별것 아닌 경우도 많거든. 그러니 잘 생각해 보고 조금만 양보하는 건 어떨까?"

"선생님이 무슨 말씀하시는지 알지만 제가 잘못한 게 없는데 뭘

이야기해요. 재윤이가 여기저기에 제 이야기를 하는 바람에 저만 난처해졌다니까요. 이번 일뿐만이 아니라 계속 그랬던 걸 그냥 넘겼다가 일이 이렇게 된 거고요."

아이의 말에 더 이상 할말이 없어 돌려보내고 상황을 정리해 보기로 했다. 하지만 머릿속은 뒤죽박죽 엉켜 있고 해결 방법은 마땅히 떠오르지 않는다. 다른 일들이라면 선배 교사나 동료들에게 조언이라도 구하지만 이런 경우는 대처하기가 쉽지 않다. 다만 안 좋은 상황이 생기지 않도록 아이들을 관찰하면서 꾸준히 상담을 진행할 뿐이다. 우선 재윤이 어머니에게 전화를 걸어 자초지종을 말씀드렸더니 이미 재윤이가 전학을 가겠다고 말해 정황을 알고 계셨다. 일단 학교에서 해결해 보겠다고 말씀은 드렸지만 마음이 무겁다.

며칠이 지난 후부터 재윤이는 결석을 하기 시작했다. 통화해 보려했지만 전화를 받지 않는다. 학교에서 만나 어머니와 상담을 해봤지만 아이의 생각이 쉽게 달라지지 않을 것 같다. 어쩔 수 없이 자퇴보다는 전학을 하는 것이 낫겠다고 판단해 어머니에게 전학 방법을 알려드렸다. 눈물을 흘리며 돌아서는 어머니의 모습에 마음이 씁쓸하기만 하다.

이럴 땐 무능한 내 자신이 한없이 부끄러워진다. 교사로서 학교 안에서 벌어지는 모든 일을 해결할 수는 없겠지만, 이런 일로 모두의 마음에 상처를 주는 일은 없었으면 싶다. 그것이 오해이든 아니든 인간과 인간의 관계에서 벌어지는 모든 일은 나도 너도 자유로울 수 없다. 누구의 잘못이 아니라 바로 우리 모두의 잘못이라는 것을 알아야 한다. 재윤이에게도 그 아이에게도 우리 반 모두에게도 그리고 나에게도 조금씩은 잘못이 있을 것이다. 그 잘못에서 자유로워지려면 서로 사랑하고 배려하는 방법밖에 없다.

학교에서 벌어지는 일련의 사건과 사고는 '너'를 지우고 '나'만 남겨 놓은 탓이 아닌가 싶다. 왕따는 누군가를 소외시키는 것이 아니라, 내가 왕따가 되지 않기 위해 '너'를 왕따로 만드는 것이다. 그 안에 '너'는 없고 '나'만 남은 것이다. 우리라는 인식이 모든 것을 해결해 줄 수 없지만, 나와 너 그리고 그들이 합쳐진 우리, 학급과 학교가 그리고 사회가 어우러지는 것은 작은 것에서 시작해야 한다. 바로 우리들의 만남으로부터.

오늘은 교실에 들어가 사랑한다는 말로 하루를 시작해야 할 것 같다. 아이들이 닭살스럽다고 이야기해도 사랑한다는 말이 얼마나 소중한 것인지 가장 가까이에 있는 사람에게 그 말을 한 번씩 해보라고 말이다.

다행히 몇 년이 지난 후 재윤이가 나를 찾아왔다. 전학 간 학교에서 아무 문제없이 학교를 졸업하고 옛 기억에 나를 찾아온 것이다. 혹시나 하는 마음에 나를 찾아온 녀석은 기억이나 해줄까 싶어 쭈뼛거리고 있었다. 반갑게 이름을 부르며 맞아주니 시간이 오래 지난

만큼 어른스러운 표정으로 인사한다. 해야 할 말은 참 많은데 그저 찾아와 준 것이 고마워 웃음으로 재윤이를 맞이했다. 이런저런 이야기를 하다 밖에서 보면 맛난 것 사주겠다고 약속한다. 웃으며 돌아가는 재윤이의 모습을 보면서 그래도 전학 간 학교에서 아무런 문제 없이 졸업해 준 것과 잊지 않고 나를 찾아준 것이 너무 고마워 가슴 한 편이 아련하다.

아이들의 개성과 끼가
발휘되는 날

체육대회

날이 풀리고 여기저기 푸르름이 가득하다. 자연이 온갖
나무와 풀의 생기로 가득 차 있는 축제의 한마당이라면
학교도 거기에 발맞추기라도 하듯 약간은 들뜬 기운 속에 여러 가지
행사들이 펼쳐진다. 소풍, 체육대회 그리고 축제 등이 바로 그것이
다. 학교별로 계획된 일정에 따라 진행되지만 일반적으로 봄엔 체육
대회가 벌어지고 가을엔 축제를 하게 된다.

봄에 열리는 체육대회는 그간 겨울이라는 차가운 바람과 묵직했
던 몸의 기운을 이겨낸 풀과 꽃들이 새로운 모습을 자랑하듯 아이들
도 긴 터널을 지나온 것처럼 밝은 모습이 한 가득이다. 마치 봄의 기
운을 맘껏 펼쳐내기라도 하듯 굳은 땅 사이로 물기들이 배어 나오

고, 여기저기 녹색의 향연이 굳이 신경 쓰지 않아도 눈앞에 떡 하니 자리 잡고 있다.

체육대회는 운동을 잘하는 아이에겐 더 없는 축복이다. 자신의 감춰든 실력을 반 아이들에게 혹은 학년 전체에 뽐내는 날이기 때문이다. 체육대회는 운동을 잘하는 아이뿐 아니라 다른 아이들에게도 아주 흥미로운 행사다. 체육대회 당일보다 예선을 준비하고 체육대회에 어떤 모습을 뽐내며 반의 단합을 자랑하는지가 아이들에게 초미의 관심사이다. 체육대회를 앞둔 2주 전부터 예선이 진행되기 때문에 이 기간 동안 아이들의 응원 소리가 학교를 뒤흔든다.

수업 시간의 결손을 막기 위해 체육시간을 조절하거나 점심 자투리 시간, 자치활동과 같은 시간에 벌어지는 예선전은 해당 반뿐만 아니라 모든 아이들의 관심이 집중되어 있다. 마치 몇 년 만에 한 번씩 벌어지는 국제경기인 양 말이다. 반별 단체경기는 주로 체육대회 날 예선 없이 시행하거나 모든 반이 함께 모여 간단한 예선전을 치른다.

주로 놋다리 밟기, 단체 줄넘기, 줄다리기와 같은 행사들이 바로 이것이다. 이런 행사에는 보통 담임교사도 함께 참여하여 아이들과 등을 맞대고 모두 함께 반의 일치된 힘을 보여야 하는 일이기에 은근한 신경전이 오간다. 직접 게임에 참여하기도 하고 목이 터져라 소리 지르며 응원하면서 게임을 치르다 보면 아이들뿐만 아니라 선생님들도 그간의 답답함과 응어리가 풀리는 느낌을 갖는다. 선생님조차 이런 기분에 빠지니 아이들은 오죽하겠는가.

경기 결과에 따라 이긴 반은 이긴 반대로 기뻐하고 진 반은 풀이 죽어 교실로 들어가며 서로의 등을 두드리며 "괜찮아, 그래도 잘했어. 아직 끝난 건 아니야. 농구도 피구도 남았잖아" 하며 서로 위로를 건네는 모습은 보기가 참 좋다. 가끔은 결과에 상관없이 아이들의 대견한 모습에 매점으로 데리고 가 음료수라도 하나씩 입에 물려준다. 그럴 때면 아이들도 신이 나서 엄지손가락을 번쩍 치켜들거나 방긋 웃어주기도 한다. 그럴 때마다 늘 공부에 치여 힘들어하던 아이들이 별것 아닌 일에 기뻐하는 모습을 보면 그 자체만으로 묘한 울림을 준다.

사실 기쁨과 즐거움이란 크고 대단한 것들이 아니라 이렇게 작고 소소한 일들 속에서 얻어진다는 것을 다시 한 번 아이들의 모습 속에서 느낀다. 체육대회도 사실 입시와 다름없는 경쟁으로 승자와 패자가 있는 것은 너무나 당연한 일이다. 그럼에도 그 결과에 승복할 뿐 아니라 경쟁이 아닌 어우러짐으로 받아들이는 아이들을 보면 교육에서 필요한 것이 주어진 목표점까지 빨리 뛰는 것이 아니라 함께 뛰는 것임을 아이들 스스로 보여주는 것이 아닌가 싶다.

정작 체육대회 당일이 되면 체육대회는 원래 취지와 다르게 패션쇼장으로 변한다. 각 반은 경쟁이라도 하듯 체육복을 벗고 형형색색의 반티를 입고 나와 학교 운동장을 수놓는다. 누가 가장 튀는 복장을 입고 나타나는지를 뽐내는 가장 무도회장 같은 느낌이다. 빨강, 파랑, 노랑과 같은 원색은 물론 잠옷을 입고 나타나는 학급도 있는 가 하면 밀짚모자나 다양한 글씨가 새겨진 모자를 쓰기도 한다.

담임선생님 역시 아이들과 옷을 함께 맞추어 입을 수밖에 없는데 가끔은 등 뒤에 담임선생님의 별명이 적혀 있기도 하고 가끔은 나이에 어울리지 않는 옷을 입어 전교생에게 웃음을 안겨주기도 한다. 매년 체육대회가 열릴 때마다 올해는 어떤 새로운 아이디어가 나타날지 자못 기대가 된다. 아이들의 개성과 끼가 체육대회에 자연스럽게 녹아드는 것을 보면 세대 차이를 느끼기도 하고, 한편으로 아이들의 익살스러움과 개성에 높은 점수를 주게 된다.

모든 학생들이 모여 가벼운 체조를 마치고 나면 드디어 체육대회의 본격적인 시합이 이어진다. 학년 대항으로 벌어지는 축구시합, 반별 예선을 거쳐 결승이 열리는 농구시합, 그리고 여학생들의 피구시합 등 다양한 종목의 결승이 이어지면 너 나 없이 소리를 지르고 응원을 한다. 경기에 뛰는 선수뿐만 아니라 한 목소리로 응원하는 아이들의 모습은 마치 열성팬이라도 된 듯 감독이라도 된 듯 여기저기 목소리가 높아진다. 그 모습은 봄날의 꽃보다 더 아름답게만 보이고 평소에는 시끄럽게만 들리던 아이들의 재잘거리는 소리는 그날만큼은 아름다운 음악소리에 비견할 만하다. 여기저기 뛰어다니는 아이들의 모습도 그날만큼은 그렇게 아름다울 수 없다.

물론 체육대회에서 좋은 일들만 있는 것은 아니다. 가끔은 불쾌한 일들이 벌어지기도 하는데, 날이 조금이라도 더워지면 혼자 편하게 그늘로 찾아가는 얌체 같은 아이들과 숨바꼭질을 벌인다. 집단생활을 하며 함께 행동하지 않고 교실에 숨어 있거나 자리를 이탈하는 아이들 때문에 선생님은 체육대회 날도 동분서주한다. 매점에서 아이스크림을 사먹는 아이라도 보면, 이해는 가지만 혼을 낼 수밖에 없다.

규율에 의해 완벽하게 통제하고 강제적으로 움직일 수 있는 건 군대밖에 없다. 일상생활에서도 자율적으로 움직인다고 하지만 어쩔 수 없는 환경으로 인해 마음대로 행동하지 못하고 자기 검열에 의해 회식이나 모임에 참석할 때가 있지 않나.

지금의 아이들에게는 자기 검열이라는 게 있을 수 없으니 담임의 눈을 피해 조금이라도 편해지려는 것은 어쩌면 인지상정인지도 모른다. 그렇다고 해서 그대로 내버려둘 수만은 없으니 제발 적당한 선에서 행동해주기를 바랄 뿐이다.

이렇게 학교 운동장에서 체육대회가 벌어지고, 모두가 함께 어울리는 이 시간에도 고3이라는 이름을 가진 우리의 수험생들은 철저히 소외되어 있다. 오전행사만 간단히 참석하거나 혹은 교실에서 입시공부를 하는 것이다. 고3은 오로지 '수능' 하나를 위해 학교에서 하는 대부분의 행사에 참석하지 못한다. 특히나 쉬는 시간마다 창밖으로 목을 빼고 운동장을 쳐다보는 고3 아이들을 보노라면 마음이 아프다.

어떤 활동이든지 수능과 직접적인 관련이 없는 활동에는 철저히 소외되어 있는 고3의 모습을 보면서 과연 우리 사회가 입시생에게 바라는 것은 무엇인지 고민해 본다. 오늘도 그렇게 교실에 앉아 있는 우리 학생은 과거에도 그랬고 앞으로도 오랫동안 그럴 것이라는 사실에 더욱 가슴이 아프다.

한 해 동안 고생한
아이들을 위한 특별 시상식

연말 시상식

연말에는 여러 미디어 매체에서 시상식이 즐비하게 열린다. 학교에서도 이와 다르지 않은 시상식이 열린다.

예전에는 조회시간에 전교생이 모인 자리에서 교장선생님이 연단에서 선행상, 교과우수상, 학력우수상, 노력상 등을 주었다. 상을 받는 아이들은 대부분 정해져 있어 다른 학생들은 들러리거나 박수부대에 가까웠다. 어찌 이러한 일들이 학교뿐이겠는가. 대부분의 시상식이라는 게 뛰어난 사람들을 위한 자리가 되게 마련이다.. 물론 성과와 결과에 따른 보상이므로 우수한 사람들이 상을 받는다는 것은 당연한 일인지도 모른다.

한 해를 마무리하는 연말 교실에서 아이들과 함께 뜻깊은 시상식을 열어보는 것은 어떨까. 우수한 학생만 주인공이 되는 게 아니라 우리 모두가 주인공이 되는 그런 시상식 말이다. 좋은 상이든 나쁜 상이든 한 해를 마무리하고 다시 시작하는 새해를 위해서.

여기 우리 반 아이들과 함께할 시상식에서 수여할 상을 몇 가지 적어본다. 더 필요하거나 생각나는 것들이 있으면 마음껏 보태도 좋을 그런 상들 말이다.

지각상

위 학생은 갖은 수단과 방법을 동원해 한해 동안 올곧게 무수히 많은 지각을 했습니다. 모두가 조용히 공부하는 그 조용한 시간. 빼꼼히 교실 뒷문을 열고 정적을 깨며 담임교사의 눈치에도 불구하고 매번 같은 시간에 교실에 등장하였습니다. 아무쪼록 이 상을 계기로 새해에는 지각하지 않기를 바라는 마음에 위 상장과 자명종을 함께 선물로 드립니다. 더불어 혹시나 하는 마음에 지각 면제권 한 장을 덧붙이니 딱 한 장만 사용하고 다시는 늦지 않기를 바랍니다.

질주상

위 학생은 누구보다 정확한 시간관념과 빠른 발을 동원하여 급식실에 가장 먼저 도착하는 발 빠른 행보를 보여주었습니다. 미끄러운 복도를 아랑곳하지 않고 계단을 두세 칸씩 뛰어넘는 도전정신으로 질주본능을 뽐냈습니다. 급식실에서도 음식을 빠르게 흡입한 후 운동장을 가장 먼저 점령하는 행보를 보여줌으로 빠른 자가 승리한다는 인식을 심어주었기에 위 상장을 드립니다. 더불어 부상으로 더 빨리 뛸 수 없는 2인3각용 끈을 수여하여 혼자가 아닌 함께 갈 수 있는 배려를 깨닫기를 바라는 마음입니다.

도망자상

위 학생은 보충과 자기주도학습 시간에 불굴의 의지를 바탕으로 자리를 지키기보다 누구보다 먼저 학교를 벗어나는 모습을 보였습니다. 갖은 핑계를 대고 자기주도학습에 빠지거나 핑계가 통하지 않을 경우 도망도 불사하며 학교를 이탈하였습니다. 학교를 벗어난 후에도 바로 집으로 돌아가지 않고 PC방을 비롯한 동네 유흥가를 전전하는 유목민의 정신을 보여주기도 하였습니다. 뿐만 아니라 간혹 가방만 남겨두고 정해진 시간에 다시 돌아오는 과감함을 발휘해 부모님에게 열심히 공부했다며 과감히 거짓말을 하는 등 선생님과 부모님의 간담을 서늘하게 한 공이 인정되기에 이 상을 수여하는 바입니다.

인도주의적 박애정신

위 학생은 인간을 향한 무한한 애정을 뛰어넘어 무생물인 책상까지도 사랑하는 인도주의적 정신을 발휘하였습니다. 아침부터 저녁까지 주변의 시선을 의식하지 않고 책상과 사랑을 나누며 부둥켜 안고 떨어질 줄 모르는 무한 애정을 갖고 있습니다. 가끔 책상에 타액이 묻으면 손으로 쓱 닦아주는 청결함. 어떤 자세로든 책상을 부둥켜안고 온몸을 부비며 자신의 애정을 쏟아내며 책상을 손으로만 이용하는 학생들과는 다른 활용법을 연마하였습니다. 침대보다 작은 사이즈임에도 불구하고 불만을 토로하지 않고 주어진 조건에 만족하며 살아가는 대범함을 지녔기에 이 상을 수여하는 바입니다.

늦은 밤 불 꺼진
학교를 바라보며

자율학습이 끝나고

자기주도학습이 끝난 늦은 밤. 보기에도 무거운 가방을 들고 어두워진 학교를 나서는 아이들을 보면 마음이 무거워진다. 학교 앞에 장사진을 친 부모님들의 자가용과 줄지어 선 학원 차량에 무거워진 마음은 더욱 씁쓸하기만 하다.

'너희는 무엇을 위해 어떻게 살기 위해 지금 이 시간을 버티고 있을까' 혼자 속으로 묻는데 아이들은 그 와중에 재잘거리며 밝은 표정으로 인사를 나누고 헤어진다. 짧은 인사를 나누고 헤어지면 홀로 쓸쓸한 밤을 맞이해야 하는 아이들. "조금만 참고 더 열심히 하다보면 좋은 날 있겠지" 혹은 "대학에 들어가기 위해 지금 이 시간을 잘 보내야겠지"라고 말해온 내 자신에게 부끄러움을 느낀다.

그들의 미래가 나와 다르지 않음을 느끼며 하루하루 허덕이는 내 자신의 모습이 머릿속에 떠오른다. 밤하늘의 별이 도시의 불빛들에 자리를 내어준 채 갈길을 몰라 하는 그 순간에도 우리는 가슴 속에 또 하나의 별을 품고 있다. 제발 그 별만큼이라도 빛을 잃지 않도록 소중하게 보듬으며 우리는 또 하루를 그렇게 보내고 있는지도 모른다.

자율학습이 끝나고 학교 운동장 가운데 서서 불이 꺼진 학교를 바라보면 칠흑같은 어둠뿐이다. 잠시 전까지 불빛 가득하던 교실에서 가슴속에 별 하나씩을 품고 빛을 잃어 버릴까 옹송그리며 앉아 책을 보는 수많은 아이들의 모습이 떠오른다. 아이들은 존재만으로도 충분히 소중하고 행복할 권리가 있다. 아이들을 행복하게 해줄 의무가 바로 우리에게 있다. 그럼에도 불구하고 우리는 그 아이들에게 총성 없는 전쟁을 강요하고 있는 것은 아닐까?

가장 앞에 서야 한다는, 가장 높은 곳에 올라서야 한다는 어른들의 논리에 파묻혀 아이들은 뜻도 모를 경쟁을 하고 있다. "지금 힘드니? 힘든 시간을 견뎌야 편히 살 수 있단다"와 같은 인과관계도 없는 논리를 아이들에게 무작정 던진다. 어른들의 기대대로 어른들이 이루지 못한 욕망을 위해 아이들에게 강요하는 이러한 악순환은 언제쯤 그 끝을 다할 수 있을까?

누구나 겪어야만 하는 몫이라기에는 너무 가혹한 형벌이다. 조금은 모자라게 살았어도 힘겹게 살았어도 기성세대에게는 추억과 낭만이라는 것이 있었다. 돌이켜 생각해 보면 적어도 우리에게는 그래도 순수함이 있었다. 나이가 들면서 조금씩 빛이 바래졌지만 지금의 아이들보다 더 많은 낭만과 추억 속에서 살지 않았는가.

그런데 지금의 아이들은 이미 초등학교 시절부터 영어공부를 하고 더 좋은 학교에 진학하기 위해 경쟁을 시작한다. 중학교를 거쳐 고등학교에 오면 사회에서 일하는 어른들처럼 깜깜한 새벽에 집을 나서고 별조차 보이지 않는 야심한 밤길을 걸어 집으로 돌아온다.

비정한 사회의 논리 앞에 누가 그들을 책임질 수 있겠느냐는 말에 속 시원히 해답을 제시하지 못하는 나 역시 답답함에 목이 매인다. 오늘 밤도 운동장에 서서 불이 꺼진 교실을 보며 안타까워하는 나 역시 내일 아침이면 지각한 학생들에게 정신 차리라며 훈계나 하고 있거나 굳은 얼굴로 아무 말도 하지 않은 채 그들을 응시하고 있을 것이다.

가끔은 이런 내 모습에 스스로 화가 나 웃음으로 넘겨보려 하지만 돌아오는 것은 관리자의 쓴 질책이거나 학부모의 성토다. 하지만 스스로 굳게 마음먹어 본다. 누군가의 강요에 의해서가 아니라 스스로 깨우치고 자신을 단련하며 성장하는 것이 가장 중요하다는 것을 다시 한 번 마음에 새겨본다.

조금 늦은 것은 잘못된 길을 가는 것보다 더 나은 것임을. 물론 가끔 내가 제대로 된 길을 가고 있는 것인지 알 수 없을 때도 있다. 하지만 그 속에서 스스로에게 끊임없이 질문하고 깨우치고 반성하면서 교사로서 바른길을 찾기 위해 노력하고 있다. 그 길을 아이들과 함께하며 생활 속에서 즐거움을 찾으려 한다. 자율학습을 마치고 돌아가는 길에 보이는 것이 도시의 불빛이 아니라 모두의 가슴속에 숨겨 놓은 그 별이 하늘 가득 반짝이는 그런 밤이었으면 싶다.

힘내라 열아홉 살

초판 1쇄 인쇄 2013년 1월 18일
초판 1쇄 발행 2013년 1월 28일
초판 2쇄 발행 2013년 9월 25일

지은이 | 오복섭
펴낸이 | 박영철
펴낸곳 | 오늘의책
외주디자인 | 홍시

주소 | 121-894 서울 마포구 잔다리로7길 12 (서교동)
전화 | 02-322-4595~6 팩스 02-322-4597
이메일 | tobooks@naver.com
블로그 | blog.naver.com/tobooks

등록번호 | 제10-1293호(1996년 5월 25일)

ISBN 978-89-7718-336-0 03810